VALERIE FRITSCH

DIE WELT IST MEINE INNEREI

REISEBRIEFE UND BILDER

S

Diese Produktion wurde unterstützt von der Stadt Graz
sowie der Abteilung 9 Kultur, Europa, Außenbeziehungen.

Die in diesem Buch abgebildeten Fotos wurden von Valerie Fritsch im Zeitraum von 2008 bis 2011 an den benannten Schauplätzen aufgenommen und für diesen Band von der Autorin ausgewählt und arrangiert.

Lektorat: Nadine Kube
Umschlag und Satz: Jürgen Schütz
Umschlagfoto: Valerie Fritsch
Umschlaggrafik: Josef Wurm
Foto auf Seite 180: Martin G. Schwarz
Grafik auf Seite 189: © John Takai - Fotolia.com
Druck und Bindung: CPI Moravia Books s.r.o., Pohořelice

ISBN: 978-3-902711-18-2
www.septime-verlag.at

www.facebook.com/septimeverlag | www.twitter.com/septimeverlag

INHALT

This whole world's wild at heart and weird on top.

(Lula to Sailor in *Wild At Heart*, 1990)

PROLOG

Die Orte sind mein Schicksal geworden.
Ich falt' sie Dir zu Briefen.

Ich biege die Meere auf Postkarten.
Ich knick' die Katakomben in Umschläge.
Ich schrumpfe die Städte zu Fabeln.

Ich deute die Erde in Buchstaben um.
Ich kuvertier' Dir meine Gedanken.

Ich wiege die Tage mit Ländern auf.
Ich mach' Dir das Fremde bewohnbar.

Ich bau' Fallen aus Papier und jag' die großen Schöpfungen für Dich hinein.
Ich schick' Dir meine kleine Welt.

BERLIN

I'm ready to go –
I'm not waiting for someone to say
Stay you could make me sad
Cause everybody's sad these days.

(Son Of The Velvet Rat, *Ready To Go*)

Berlin, Deutschland,16. Februar 2008

Liebster.

Heute: reise ich nur mit meinen Gedanken.

In eine kleine Tasche, die man mit einer Hand tragen kann, passt alles, was man braucht, und für den, der Handwaschmittel besitzt, können die Zeiten sogar lang werden. Wer Sehnsucht hat, kann beruhigt aufbrechen. Die Züge fahren Zug um Zug und auf den Bahnhöfen wird man älter als irgendwo sonst. Hier kommen und gehen die Menschen und bleiben nie. Was ist ein Ort, an dem niemand bleibt. Auf den Bahnsteigen geht die Sonne immer in der

Richtung auf, aus der der Zug kommt, und die Sonne leuchtet rot hinter den Augenlidern. Bachs *Brandenburgische Konzerte* klingen in der Frühe besonders harmonisch inmitten des Dröhnens der Lokomotiven und wenn man allzu lange wartet: wächst hohes Gras im Kopf. Die Tage werden hell und dunkel. Ich stehe im Fahrtwind der Züge, in den Pupillen weht Wind und der Blick ist längst Kanal geworden zwischen einem *Hier* und *Dort.* Wenn man auf die Schienen und das, was dahinter kommt, blickt, zieht im Herzen ein Sturm auf.

Ich werde mich zur Distanz erziehen und ich trainiere zu reisen. Das Hirn ist ein stiller, leerer Raum hinter der Stirn, der wartet, dass die Welt einzieht und Bilder an die Schädeldecke hängt, als wären es Gemälde. Jede Lust ist eine Reise und jede Reise eine Lust. Ich werde auf Bahnhöfen und Flughäfen zu Hause sein, zwischen den zusammengefalteten Flügeln der auf den Hauptplätzen hockenden Engelsstatuen und in den weit aufgerissenen Fenstern der Hotelzimmer, unter den niedergeschlagenen Lidern der Fahrkartenverkäufer und jenen großen Regenschirmen, die man sich über den Kopf hält, als bewahrten sie die Menschen vor allem Unglück. Ich werde durch die Schlüssellöcher und die Scharniere der Welt fahren und sehen, was sie zusammenhält. Natürlich ist es hoffnungslos romantisch, Dir zu schreiben und unmodern, ein Herz zu haben und die Welt zu wollen.

Ich komme an. Berlin ist aus Glas und aus Beton gezimmert und der Himmel wie rosa Menschenhaut über die Häuser gespannt. Ein neues Lebensgefühl schält sich aus den häutigen Ecken und aus den Augenwinkeln und faltet sich auf. Die Welt arbeitet in Tages- und Nachtschichten in ihren Bilderfabriken und generiert graffitisatte Fassaden und Dimensionen von Riesen und Zwergen, in denen der Größte und der Kleinmütigste seinen Platz findet. Die Wolken sind mit Schablonen aufgesprüht und wenn man aus den U-Bahn-Schächten wieder hochsteigt, sind sie zusammengerafft, als hätte man sie mit den Fingern am Himmel erwischt und im Abendlicht verzogen über den Häuserlinien.

Ich gehe die Wege einer fremden Stadt ab und kreuze jede einzelne Linie des Stadtplans. Ich reproduziere Nähe und Distanz. Ich flaniere auf Quadratmillimetern und balanciere auf Brunnensteinen. Ich schreite die Straßen entlang, bis ich Spuren gezogen und die Stadtgrenzen mit Schritten kopiert habe. Ich gehe, bis alles abgegangen ist und nichts versäumt. Neben den Hipsterkönigreichen der Designer und Jungfamilien liegen die abgefuckten Viertel und eine Schäbigkeit, auf die man stolz ist. Die augenscheinliche Unfertigkeit der Stadt ist jenes System von morgen, das man vermissen wird in einem akkuraten Straßennetz zu Hause, wo die Häuser und Bäume und Vorgärten und Leben zueinanderpassen, als wären sie gemeinsam gekauft.

Abends am Telefon bekomme ich eine erotische Stimme für Dich vom vielen Gehen und von der Dunkelheit. Auf dem Asphalt sind keine Spuren geblieben, aber auf den Fußsohlen kann man die Straßen, die man gegangen ist, noch einmal gehen. In den fremden Betten hat man Zeit genug für jeden törichten Gedanken. Ich höre Luft in den Gedärmen platzen und Dominosteine umfallen im Hirn. Man schläft unter Dachschrägen und die Straßen laufen weiter in jeden einzelnen Traum hinein. Die Augen sind die Gehäuse der Bilder. Die Orte infizieren die Träume und laufen so lange Sturm gegen die geschlossenen Lider, bis man morgens die Augen wieder aufschlägt und sie zurück hinauslässt in die Welt.

Es ist eiskalt in Berlin, Liebster, und vielleicht sind es auch die Fröste der Freiheit. Der Asphalt liegt schwer auf der Welt und der Schnee, der darauf fällt, ist dick genug, um ihn kauen zu können. Am Mauerpark-Flohmarkt stehen die antiken Kinderwagen, vollgefüllt mit stumpfen Fleischermessern zum Verkauf und die kleinen Mädchen stecken die Köpfe neugierig in die Pendeluhrkästen der Händler. In die Schallplatten sind die geheimen Liebesbriefe geritzt, an die man denkt, wenn man später Musik hört in den Lokalen. Glasklarer Retrosound und polierter Dubstep trommeln auf die Brustkörbe. In der Dunkelheit ist der Mond weiß wie Milch, in ein Goldfischglas gegossen, das man am Himmel vergaß und das den Schlafwandlern durch die Nacht leuchtet. Die wilden Clubs gleichen den aufregendsten Wohnzimmern und die vom Winter weißen Finger halten Champagner und Bier, als wäre es dasselbe. Auf manchen Damentoiletten steht ein Klavier vor den Kloschüsseln, als wolle es gespielt werden, während man sich erleichtert oder die Seele aus dem Leib kotzt. Die Ventilatoren schlagen die Luft und das Licht der Scheinwerfer kräht. Die Musik geht nicht übers Ohr, aber über die Fingerspitzen. Man liest sich in den Händen und zählt einander die Lebenslinien ab, man fährt mit Fingerkuppen über die Haut, wo das Schicksal sitzen soll, im Tanz. Die Kokainspuren strahlen im Schwarzlicht an den Nasenflügeln und die Lippen der Frauen leuchten rot wie die roten Teppiche in der Nacht. In den schönen Bezirken lungert ein bisschen Leid in den Hinterhöfen und die Hunde jaulen, wenn man viel zu spät nach Hause geht. Die Kokstaxis kreisen durch die schicken und die heruntergekommenen Bezirke und liefern das Pulver wie Pizza frei Haus.

Neugier ist kein Strohfeuer. Es wird immer leichter, das Richtige zu tun. Man kann schwermütige Gedanken haben und trotzdem der glücklichste Mensch der Welt sein. Man bricht Stück um Stück vom Denkprozess ab, ein Stück Grübelei für jeden Tag und abends: einen Gedanken, den man behält oder verwirft, und manchmal war man nur erfreut, seine Bekanntschaft gemacht zu haben. Ich denke sorgfältig und die Art zu denken wirkt sich auf die Art zu essen aus. Das Konzept geht am Teller auf und manches Mal finde ich meine Karotten systematisch angeordnet auf dem Teller wieder. Du und ich haben uns in Formen und Muster gesperrt und hier würfelt man alles neu und in der Fremde: begegnet man sich schlussendlich leichter und sei es nur in Gedanken.

Am Morgen rascheln die Blätter der Bäume draußen wie in den Kindheitstagen, an denen man krank im Bett lag und zu Tagesanbruch sehnsüchtig auf das Öffnen der Läden und die Käuzchenschreie wartete. Manche leiden an der Erinnerung an ihre Heimat wie an einer Erbkrankheit, die in Schüben über sie herfällt und verschwindet, wenn man nur lange genug schweigt. Das Handwaschmittel geht zur Neige und die Geschichten, die man keinesfalls vergessen darf, werden schon zu viel für die Erinnerung nach ein paar Monaten. Die Zeit vergeht, als stünde man inmitten des Stundenglases und der sonnige Staub stiege unter den Füßen auf und die Straßen entlang vor einem her. Man streicht an den Münztelefonen in kleiner werdenden Abständen vorüber, auch wenn man weiß, dass man nicht wiederkommen wird. Ich schreibe ausnahmsweise Postkarten, um die Entfernungen, die man sich selbst ausgesucht hat, zu überbrücken.

Ich habe Flausen im Kopf. Schon jetzt bist Du mir also abgegangen. Deine Schicht, Dein schichtweise aufgetragenes Du ist abgeblättert von der Haut. Du bist von meinem Herzen heruntergeplatzt und in Schuppen abgefallen, als wären es Drachenschuppen und wir sängen unser eigenes Nibelungenlied. Du bist heruntergefallen:

abgegangen wie Etiketten im heißen Wasser, abgegangen wie langsame Füße eine Treppe hinunter und dann eine Straße und: ohne sich umzublicken. Du hast Dich abgelöst und das unbelehrbare Herz will Dich wieder anlegen wie ein Sonntagskleid oder saubere Unterwäsche nach dem Duschen. Es ist schwer, das Herz wieder einzufangen von der Zimmerdecke, wenn es einmal an Dich gedacht hat, weil es dann leicht ist wie Helium und ungezogen wie ein junger Hund. Du bist mir abgegangen und andere, andere nennen es nur Sehnsucht.

Wenn ich irgendwann wiederkomme, werde ich die Distanz langsam rückwärts aufrollen und in meiner Tasche mitnehmen. Wenn ich Dir irgendwann von meinen Reisen erzähle, werden die Augen leuchtende Globen mit allen Ländern sein und die Pupillen schwarz wie Afrika. Ich werde Deine Augäpfel drehen, als wären es Erdkugeln und mit den Fingern die Erdbreiten entlangfahren, als plante man ein großes Abenteuer. Unter Deinen Augenlidern werden die Koordinaten meiner Welt sein und die Landkarten meiner Sehnsucht.

Ich reise nie ohne Sehnsucht. Ich denke: ohne Sehnsucht kann man unmöglich Zug fahren.

ÄTHIOPIEN

And here you are hurried
And here you are gone
And here is the love
That's all built upon

May everyone live
And may everyone die.
Hello, my love,
and, my love, goodbye.

(Leonard Cohen, *Here it is*)

Hawassa, Äthiopien, August 2009

Geliebter.

Am Flughafen summt man *Zehn kleine Negerlein* und schämt sich für diese unpassenden Kindheitserinnerungen. Draußen ist es düster wie auf den dunklen Stellen der Schachretter und der Mond eine polierte Kerbe im Himmel. Sechs schwarze Putzfrauen wischen synchron die weißen Böden der Wartesäle spiegelglatt in der Nacht. Im Flugzeug haben sie arabisch gebetet und hier kann man das Kindergeschrei nicht von den Gebeten unterscheiden. Die Stewardessen riegeln die Tore ab mit so strengen Gesichtern, als befände man sich im Krieg. Im Morgengrauen schleichen die Menschen wie stille Tiere durch die Gänge und warten, bis es hell und sicher genug ist, den Flughafen zu verlassen. Es gibt einen Stromausfall nach dem anderen und die Koffer der Wartenden werden mit Taschenlampen in der Hand über die reglosen Rollbänder getragen, bis die Sonne aufgeht.

Äthiopien ist ein wundes Land. Bei uns trägt man Wimperntusche auf den Wimpern und hier trägt man Fliegen an den Augen. Ich habe tote Menschen gesehen, tote Kinder und tote Pferde und die Frauen gebären auf der Straße mit zum Verkehr hin aufgerissenen Leibern. Die Menschen sterben an den Fahrbahnrändern und die Insekten haben hier einen lauten Flügelschlag. Es gibt keine Eisenbahn und in der Hauptstadt schlafen nackte Männer auf den nicht mehr als zehn Zentimeter dicken Trennsteinen, die die Straßenspuren in ein *gen Norden* und ein *gen Süden* teilen. Die Straße ist eine Schneise im Wellblech und das Wellblech ist nur Fugenmasse zwischen den staubigen Wegen. In den Schlaglöchern sitzen magere Welpen und ducken sich unter den riesigen Reifen der alten Busse. Über den mit Menschen zugestopften Wagen kreisen die Geier in Saturnringen zu jeder Tages- und Nachtzeit. Elend ist nichts Kontrolliertes und nichts

Kanalisiertes, aber etwas Ausgebrochenes wie eine Krankheit oder wütendes Vieh, das hungrig die Welt hinter den niedergeworfenen Zäunen abfrisst. Aus den Wasserleitungen fallen Asselkadaver. Die Dämmerung trägt das Hellblau des Äquators und die Nächte sind dämonisch schwarz, pudrig und unerlöst.

Gleichwohl ist es das Land des Lächelns. Der Schmerz liegt hier pathetisch auf der Welt und die Schönheit einzelner Gesichter ist so natürlich, wie die Natur schön ist. Man verschenkt sein Herz unaufhörlich und bekommt es gefüllt zurück. Man wäscht sein Herz gleichermaßen in der Armut und dem Regen, der zur Regenzeit brausend niederfällt. Dann laufen die Menschen unter den Bananenpalmblättern durch die Gewitter und die Seeadler hocken sich in die Schatten der Bäume. Heute habe ich einen einzelnen Pferdefuß am See gefunden. In den Bretterritzen der Holzboote dichten Stofffetzen die Schiffsbäuche. Man schöpft das Wasser mit aufgeschnittenen Flaschen aus den Booten und die Nilpferdfamilien tauchen in Türmen wie die Bremer Stadtmusikanten auf und ab neben den Fischern, die sie *Hippopotamus Hippopotamus* und *Robi Robi* rufen. Am Ufer liegen bleiche Pferdegerippe und der See ist weit wie ein Meer. Untertags gibt es nur Platz für Bilder und Blicke, während die Gedanken in der Nacht einsetzen. Die verzweifelten Eltern hängen nachts durchsichtige Plastiksäcke mit ihren spindeldürren Säuglingen an die Tore des Krankenhauses und morgens findet man die Kinder mit den greisen Gesichtern der Alten an der

Türklinke baumeln. In der Frühe dämmert das Land herauf und später sinkt es zurück in einen großen Schlaf, nachdem der Himmel ergraut ist oder sich vergoldet hat. Abends schaut man im Spiegel nach, ob man noch lächeln kann.

Ich arbeite in einem Kinderkrankenhaus. Ich fasse Menschen an. Das ist alles, was ich tue. Auf der Straße und in den Höfen winken die Menschen und die Kinder geben einem hungerbäuchige Küsse, die an den Poren kleben. Ohne Unterlass hat man Menschen auf der Haut und die einen umringenden Kinder werden zu Trauben an den Armen. Bei jedem Schritt trägt man schwarze Menschentrauben an den weißen Händen und sie nennen einen *Firengi* oder *OK*, weil man nichts so oft sagt wie das, zur Beschwichtigung.

Nach all den Jahren vermisse ich es, gemeinsam mit Dir in einem Bett zu schlafen und im Schlaf die Träume zu teilen, von denen man sich am Tag nichts erzählt. Canetti schreibt, dass man niemanden mehr hassen kann, den man je schlafen sah, und er hat recht. Wochenlang kann man hier nicht an Sex denken in einer tuberkulotischen Wirklichkeit und einer Welt voll ausgezehrter Körper, aber an einem Morgen, an dem es schon im Dunkeln regnet: für Stunden an nichts anderes. Es ist komisch, dass Du mich noch immer glücklich machen kannst in meinen Gedanken und mir Dein blasser Körper fehlt, als wäre er mein eigener. Ich kann mir längst nicht mehr vorstellen, dass Europa weiß ist. Ich träume nur noch schwarz und die Menschen in meinen Träumen sind alle so dunkel geworden, als wäre die Helligkeit aus ihren Häuten entwichen und niemals da gewesen. Heimat ist längst ein wandernder Punkt geworden, der stets auf Deiner Höhe in den Landkarten verzeichnet ist.

Für eine Identität braucht man eine große Sprache. Ich nähe Dir in meinen Briefen die Sätze zusammen, Geschichten und ungeheuerliche Grundsätzlichkeiten, als ginge es um mein Leben. Ich vermisse Stimmen um mich, die nicht gewürfelt sind und die Gespräche an den Straßenseiten, in denen ich auch all das verstehe, was nicht für mich bestimmt ist. Die Sprache geht verloren in einem Land, in dem man so vieles nicht beschützen kann. Es gibt ein herrenloses Sprachengewirr aus Amarinia und Englisch, tausend Dialekten und dem verbliebenen Italienisch, in dem man sich kaum zurechtfindet. Was bleibt, sind die Kinderspiele in allen Sprachen und ein afrikanisch ausgesprochenes *Ringel, Ringel, Reihe.* Die Armut ist unwirklich und die Wirklichkeit ein Problem. Die Bücherrücken sind hier mein Rückgrat, das man braucht, um wieder zu wissen, dass es anders sein kann und man selbst unerschütterlich. Hier: bin ich Schriftsteller und Analphabet gleichermaßen. Ich schreibe mit der Hand, wenn ich verzweifelt versuche, zu denken und die fremden Bilder der Tage zu entziffern. Wenn man nur Gast ist mit seinen Gedanken in einem fremden Land und unaufhörlich staunt, scheinen die Worte, die einem untertags fehlen, in den Nächten versteckt.

Dann kleide ich mich anmaßend in Buchstaben und in große Worte und die Menschen hüllen sich in Plastikplanen und Handtücher und Militärstoff. An den kalten Tagen tragen die Alten zerschlissene Socken als Handschuhe und die Kinder schlüpfen hin und her, um sich an den Beinen der Mütter zu wärmen. Die Männer tragen Frauenblusen und die Jungen Kleider mit schmutzigen Spitzenkragen hier im Krankenhaus, weil der Westen mehr Kleidung für die Mädchen spendet. Die Kinder tanzen in Wollpullovern, die ihnen bis über die Zehen reichen und auf den alten Soldatenjacken sind häufig Flicken über den Einschusslöchern, unter denen der letzte Träger sein Leben ließ. Es ist ein Land, in dem man gern an Wunder glauben möchte und ab und an sieht man ein Hugo-Boss-T-Shirt auf den Straßen, unter dem man die Rippen zählen kann.

Auch die Rippen der toten Pferde kann man einzeln zählen, wenn man an den Straßengräben vorübergeht. Die hohlwangigen Tiere fallen um mit von der Sonne heißem Fell, wenn ihre Zeit gekommen ist und der Staub ihnen die Augen zuklebt. Irgendwann erkalten die Leiber und die Geier und Affen fressen die ausgekühlten Kadaver.

Manche Kinder lachen nie, Liebster, aber drücken sich die Nasen platt hinter den blitzblauen Gitterstäben, abseits derer die Welt lauert. Es gibt viel zu wenig Personal in den Krankenhäusern, um alle zu trösten und zu heilen. Das Land legt Dir die Menschen in Falten wieder in die Hände. Die Kranken haben Arme wie Äste. Die Haut liegt in Falten um die stäbchendünnen Knochen, als wäre sie eine zusammengelegte Ziehharmonika am Leib. Die Menschen sind aus den Formen gelaufen, weil es keine Ordnung gibt in der Welt und die Krankheiten sind ausgeschwärmt und haben die Leben noch mehr durcheinandergebracht und Chaos als Struktur in die Körper gepflanzt. Es gibt Brandwunden und Wundbrände und es gibt einen Raum, in dem man die Menschen verbrennt. Viele haben Malaria oder tragen Tuberkulose in den Lungen und einen lauten Atem. In den Glasaugen bricht sich das Licht, als ließe es sich nie wieder zusammensetzen. Die Kranken suchen mittags Schutz vor der Sonne unter den Bäumen und streifen abends durch die Leinen der Wäschelandschaften. Die Behinderten leben in einer Ecke neben einem Hibiskusstrauch und drehen die roten Blüten zwischen den Daumen. Wenn ich ihre Hände festhalte, um die verschimmelten Nägel zu schneiden, die sich aus dem Nagelbett erheben wie grüne Berge, schürzen sie die Lippen und verstecken sich unter den Kopftüchern. Die Zikaden schreien, wenn die Essensglocken läuten, und die Stoffwindeln wehen im Wind, als flögen sie davon. Auf den Plätzen der Krankenstationen zerren die Säuglinge an den Brüsten der Mütter und die Wäsche kocht über dem Feuer in schwarzen Bottichen, in denen die Frauen rühren, als wäre es Suppe. In den Kinderabteilungen werden die Größeren zur Strafe an die Bettpfosten der Krankenbetten gebunden und starren mit glasigen Augen auf die weißen Stoffwindeln, die um ihre Handgelenke gewunden sind. Die Säuglinge weinen selten, weil sie wissen, dass niemand sie beruhigen wird. Manches Mal fallen die Babys von den Waschtischen herunter und eine flinke Hand hebt sie wieder auf und ein anderes Mal stürzen sie aus den Betten und wenn man sie findet, ist es längst zu spät für die winzig kleinen Körper.

Hier ist jeder Ort ein Pionierort oder einer, an dem man bereits gescheitert ist. Die Krankenschwestern und die Ordensschwestern beten hocherhoben wie Recken in weißer Nonnentracht zu blassgesichtigen Madonnen und kohlschwarzen Christusstatuen, bevor sie nachmittags die Kranken besuchen. Barfuß, mit rissigen Fußsohlen, gehen sie durch die Zimmer und reichen den Menschen die Hände so innig zum Trost, als dürften diese sie behalten. Ihre Münder sind fromm vom Singen. Wenn niemand hinsieht, küsse ich die weichen Köpfe der Babys, obwohl sie nicht weinen und die Schwestern es den Helfern verbieten, damit sich die Kinder nicht gewöhnen an die Liebe. Man lebt mit Gottesjüngerinnen in einem Raum und mit Ordensschwestern in einem Hof und ich: habe hier noch nie gebetet.

Die Helferinnen und ich trinken schwarzen Tee in diesem schwarzen Land, auf den flachen Dächern spielen die Affen im Sonnenschein und für ein *Bir* kauft man hier: eine Schlange im Glas. Die Farben sind königlich und extravagant und die Eidechsen sitzen in ihren cremig blauen Lederkleidern auf den Mauern des

Verbrennungsofens. Jeden zweiten Tag gibt es Strom. Man stößt mit den Besen an die weißen, zitternden Neonröhren und das Licht flimmert und zuckt, dass es Kopfschmerzen macht hinter den Augen. Die Moskitonetze werden gleißend hell im Lichtschein und sind die Himmelbettkuppeln der Armut inmitten der Fliegenbrut. Die Feldbetten quietschen bei Tag und rascheln in der Nacht. Die Mauern schützen das Krankenhaus mit Kronen aus Glasscherben vor den Einbrechern und vor den Verzweifelten. Wir schöpfen mit Tassen Wasser aus den Regentonnen und tragen Stirnlampen auf den Köpfen, wenn wir spät auf die Toilette müssen. Wir essen *Injera* und haben einen sauren Mund von den Fladenbroten. Wir nähen die Armeehosen enger und stechen neue Löcher in die ledernen Gürtel. Wir spielen Schattenspiele und Schach in der Dunkelheit und die Krallen der Wachhunde schwärmen nachts über die Höfe und werfen sich gegen die Türen der Hütten. Wenn geschlachtet wird, zerren die Hunde geifernd die blutigen Schädel der Tiere vor die Tore des Fußballplatzes und fressen die Augen aus den Höhlen heraus. Abends singen die Einheimischen *Chambalala* und verwandeln meinen Kopf in ein Medusenhaupt mit tausend geflochtenen Zöpfen. Ansonsten ist der Kopf ein Wasserkopf mit tausend ungenutzten Ideen, die es den Minuten gleichtun und verstreichen und vergehen wie ein großer Kummer, den die Jahre heilen. Man fühlt nicht viel. Alle Erinnerungen und Gedanken leiht man sich hier aus einem Leben aus, das man nicht hat. Die rasenden Städte und Uhren sind überwältigend fern. Die ewig gleichen europäischen

Gedanken und Entscheidungen erscheinen längst als spiritueller Inzest unserer Zeit, der nur sinnvolle Leben hervorbringen soll, einheitliche Biographien, in denen man nie ineffizient und nie verirrt gewesen ist, sodass die anderen einen für diese Fehler hätten lieben können.

Irgendwann reise ich weiter, weil das Wissen und die Neugier direkt proportional wachsen. Je mehr ich sehe, desto mehr möchte ich sehen. Das Staunen ist ein Drahtseilakt. Ich weiß nicht, wie viel Distanz zu seinem eigenen Leben man verkraftet, ohne verloren zu gehen. Ich habe Dinge gesehen, die Du Dir nicht vorstellen kannst und ich habe Dinge gesehen, bei denen ich froh bin, dass Du sie Dir nicht vorstellen kannst. Irgendwo zwischen all den Erfahrungen bin ich vielleicht mehr Humanist und Abenteurer geworden. Ich liebe dieses Land, seine fundamentale Größe und seine wesentliche Lebensgier, seine himmelschreiende Schönheit und seine mutigen Bewohner. Die Straßen, über die man fährt, sind aufgedonnert wie Frauen und überladen mit Aussonderungen und bunten Kolonialwaren. An den Fahrbahnrändern sitzen Orangen und Medizinbücher neben den Fliegen, die sich erst an den Wunden nähren und dann sonnen im reifen Obst. Die überfahrenen Kröten und Schlangen sind in den Staub tätowiert und die Taxis haben keine Türen, aber Plastikvorhänge, und der Fahrer zwingt bei einem besseren Angebot seine Gäste, am Straßenrand auszusteigen: egal wo sie sich befinden. In den Überlandbussen kauen die Menschen Limetten an den Fensterscheiben und schlafen mit ihren Kindern im Arm, während die Wagen sie über Schlaglöcher durchs Land wiegen. Jeder Sitzplatz und jeder Sack Zwiebeln wird dreifach besetzt und wenn sich eine Großmutter übergibt: schüttet man lachend Erde vom Straßenrand darüber. Wer mit dem Bus reist, benötigt eine gefestigte Persönlichkeit und unzerbrechliche Knochen, wenn die Köpfe an die Decken poltern und die Brüste aus den Büstenhaltern hüpfen. Hie und da säumen umgestürzte LKWs die Hochstraßen und manche Wagen, die einem entgegenkommen, haben menschengroße Blutflecke auf den Windschutzscheiben. Man reist mit Galgenhumor und guter Laune, wenn man in die Zitronen beißt, und man ist froh, wenn jene Männer, die Maschinengewehre auf ihren Schößen und ihre Gesichter in alten Handtüchern verbergen, wieder grüßend aussteigen.

Der Regen ist eine Gefahr, die gilt, bis sie sich bewahrheitet. Auf den Gipfelplateaus ist die Luft kühl, als wäre sie ein hoher nasser Ton, von dem es tropft. Ich trage mein Herz nach Süden, Liebster, über das Hochland gegen den Äquator. Die Landschaften wachsen mit den Bergen und die Wasserfälle fallen die Felsen hinunter wie langes Haar. Die Wolken laufen auf den Wiesen mit den Pferden um die Wette und man denkt, man könne den Horizont erreichen, wenn man nur die Hände hoch genug reckte. Man ist so mitten auf der Welt. Das Land ist wild herausgebrochen ohne jede Zähmung, eine unverwüstliche Geburt aus Holz und Stein und Erde. Auf den

Grassteppen traben Reiter in bunten Sätteln. Eine Horde Bergpaviane hat beinahe meine Kamera gestohlen und die Warzenschweine schauen zu den Fenstern herein. Es gibt keine Hotels außerhalb der großen Städte und man nächtigt an jedem Ort, der Herberge sein will. Ich schlafe in einem Museum inmitten des Nationalparks neben den ausgestopften Tieren, die ihre alten Schnauzen auf die Schlafsäcke senken und sich bedrohlich in die Träume neigen. Die alten Frauen kochen halluzinogenen Tee aus Tropenblättern über dem Feuer und dann sitzt man todernst auf einem halben Sofa der Kolonialzeit und spielt ein bisschen *Jenseits von Afrika* und plaudert aus dem Nähkästchen und über den besten Oralsex seines Lebens. Ich schreibe eine Liste mit allem, was ich essen will, wenn ich wieder zurückkomme. Draußen ist der Regen erst nadelfein gerippt und übers Land gesprüht und schließlich laut und lange und überall.

Im heißen Süden nahe der kenianischen Grenze dampft die rote Erde unter den Sohlen und der Regen ist nur eine stumme Erinnerung, die auftrocknet im Hirn. Der Himmel schneidert sich unermüdlich neu und das Wetter ist ungesund. Die Wolkendecke platzt auf und wächst wieder zusammen wie eine unheilbare Wunde. Man denkt hier viel an den Himmel, wenn man schon an nichts anderes denkt, weißt Du. Große Gedanken entstehen nicht im Kopf, aber wachsen unter der Stirn wie ein zweites Herz. Ich werde der Distanz nicht müde, die unseren hautengen Jahren folgt. Wer reist, kommt niemals an. Ich lebe in einem äthiopischen Bordell und die

Nutten sind hochgewachsen wie Berge und schwarz wie Katzen in der Nacht, wenn die Freier sie in die Zimmer drängen. Die Moskitonetze sind babyblau und löchrig. Die Kakerlaken unterwandern den Türspalt und fallen von den Armen, wenn man sich umdreht im Schlaf.

Am Krokodilmarkt treiben die meterlangen Krokodile im Wasser und sind so endlos, dass sie keinen Platz haben auf einem einzelnen Foto. Anderswo steht einem die Welt offen und hier das aufgesperrte Maul eines Krokodils. Manche Vögel am See sind so klein wie Schmetterlinge und manche der Schmetterlinge sind so groß wie Vögel. Es ist tropische Nostalgie, die in Arba Minch herrscht. Auf den Straßen gibt es Kaffeezeremonien und Schlafende im Staub. An den Straßenecken bieten die traurigen Mütter den wenigen Weißen ihre Kinder an, als wären sie ein Geschenk, das man demjenigen überreicht, der ein besseres Leben bezahlen kann. Die Menschen haben verknöcherte Gesichter und radikal plastische Körper, als wären sie die Ahnungen einer schönen neuen Welt, von einer bleiernen Wirklichkeit überwölbt. Armut ist eine zermürbende Kulisse. Wenn man sie lange genug gesehen hat, hört man auf, an sie zu glauben und beginnt stattdessen ausgiebig zu hoffen. Nichts tut so weh wie Hoffnungen, die ein herzloses Stück Welt enttäuschen wird, weil sie es nicht besser weiß. Dann sitzt man in einem Klappstuhl über dem Abgrund und dem Affengeschrei der Steppe und trinkt Bier mit einem Engländer im einzigen Hotel des Südens. Dann misst man die Tiefe des Unglücks aus und schließlich das breite Lächeln, die weißen Zähne, den gutgelaunten Blick eines Abenteurers. Es ist der erste weiße Mann, den ich nach vielen Wochen sehe. Liebster, es ist ein Mann, den ich lieben könnte, weil er: so mitten auf der Welt ist und: mit mir hofft.

Berlin, Deutschland

Hawassa, Äthiopien

Hawassa, Äthiopien

Arba Minch, Äthiopien

Nechisar, Äthiopien

Bale, Äthiopien

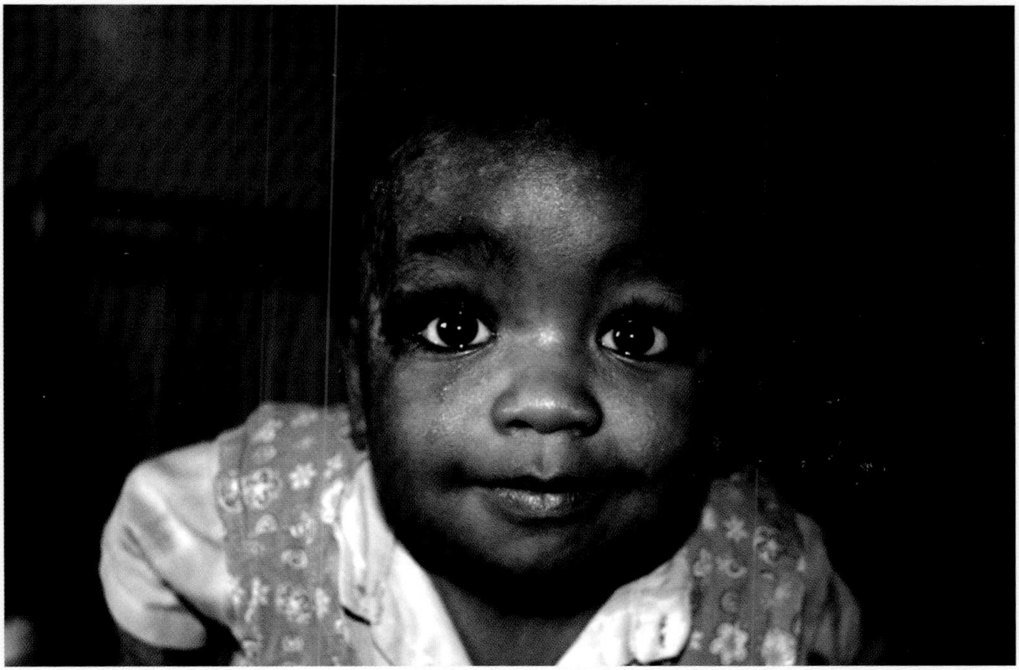

Hawassa, Äthiopien

Bale, Äthiopien

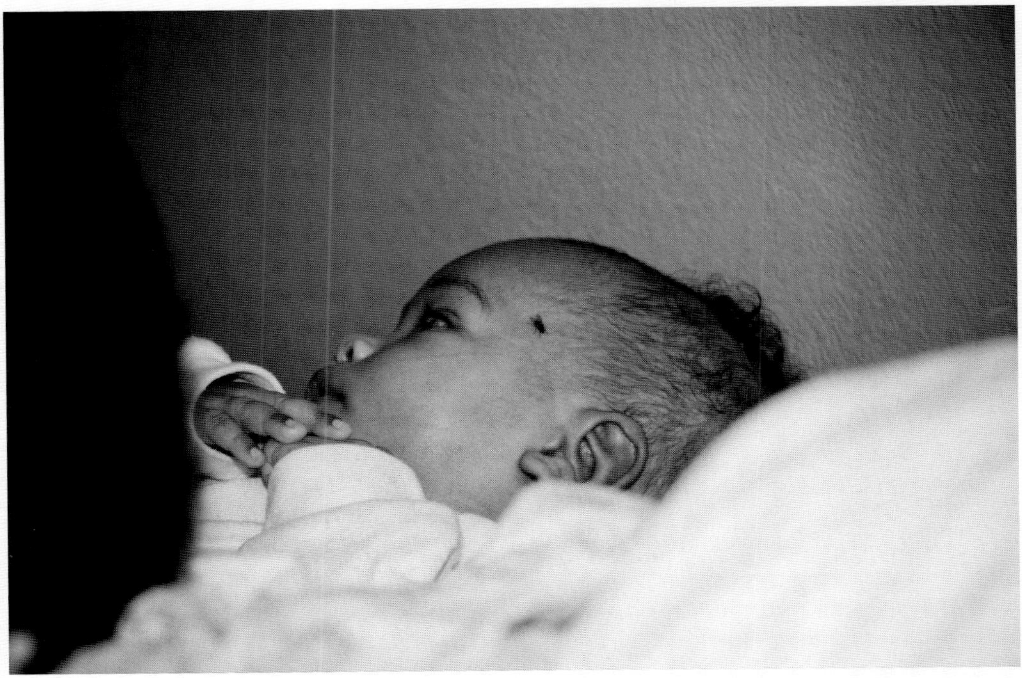

Hawassa, Äthiopien

Hawassa, Äthiopien

Sashemene, Äthiopien

Dinjo, Äthiopien

Bale, Äthiopien

Nechisar, Äthiopien

Arba Minch, Äthiopien

Urubamba, Peru

Puno, Peru

Santa Catalina, Peru

Arequipa, Peru

Chinchero, Peru

Ollantaytambo, Peru

o. A., Peru

o. A., Peru

Silustani, Peru

Lurin, Peru

o. A., Peru

Lago Tititcaca, Peru

o. A., Peru

Lago Tititcaca, Peru

Cusco, Peru

Cusco, Peru

Lago Tititcaca, Peru

AMSTERDAM

Die Welt ist groß. Du wirst Dich drin verlaufen.
Wenn Du Dich nur nicht allzu weit verirrst …
Ich aber werd mich heute Nacht besaufen,
und bisschen beten, daß Du glücklich wirst.

(Erich Kästner, *Hotelsolo für eine Männerstimme*)

Amsterdam, Niederlande, 03.04.2010

Liebster.

Die Nacht: kommt wie ein Schrei.

Heute sind mir alle Rotweingläser auf den Boden gefallen und ich trinke Minztee zu meinem Geburtstag: wie Dschungel im Glas. Im Sofa auf dem Balkon versinkt man in den Polstern und die Kirchenglocken der Westerkerk läuten viel zu oft. Heute werde ich alt. Sobald es dunkelt zwischen den Grachten, zieht man sich hier kleinräumige Gedanken zu. Die Nacht kommt erst wie ein Schrei und fällt dann zusammen, dass nur kleine Ruinen von nächtlichen

Torheiten im Licht lagern, wenn es wieder Tag wird. Die Blickwinkel sind stufig und eng wie die Häuser und die Häuser schief und bloß eine schmale Spur in der Stadt. Ich rauche strohhalmdünne Zigaretten und unten auf den Straßen trommeln Französinnen mit schwarzen Strichen unter den Augen gegen die Zigarettenautomaten. Ich esse Schokoladentorte und die Mädchen lachen mit großzügig geöffneten Mündern, weil alberne Frauen schwer zu bändigen sind. Die Tortenglasur ist schwarz wie eine Dampflokomotive im Licht der Laternen und so feucht von der Nacht, als wäre sie beschlagen.

Es bläst ein nächtlicher Wind. Ansonsten ist die Erinnerung ungestört und das Gefühl nicht korrigierbar, aber hier schreibt man die eigene Vergangenheit um, wenn man nur fest genug daran glaubt, dass es möglich sei. Es ist, als wären Teile der früheren Zeiten ortsgebunden und die mentalen Resultate jedes Mal aufs Neue unverfügbar. Dann beginnt man abermals bei Null. Die neuen Städte haben reichlich neue Vorherbestimmungen zur Hand. Ich bin nach Amsterdam gekommen, um zu sehen, wie das ist, wenn man in der Welt: erst überall fremd und dann: überall zu Hause ist. Ich bin nach Amsterdam gekommen, um der ewigen Wiederholung zu entgehen und den grauenvoll plüschigen Gedanken und Gesprächen zwischen der einen Trennung und der nächsten, als wüchse einem Pelz und Schamhaar am Herz. Ich bin die überzogenen Ideen leid und die Minuten mit diesen Ideen, wenn man die alten Fehler beharrlich aneinanderreiht und nicht klüger wird. Die Stadt ist ein Katalysator, der die Heilung beschleunigt und zeigt, was von einem selbst bleibt, wenn die Welt stetig eine andere wird. Das eigene Schicksal ist nicht sporadisch, denn in seinem Leben ist man vierundzwanzig Stunden am Tag zu Hause.

Sonnenauf- und Sonnenuntergänge gibt es hier nicht, nur helle oder dunkle Minuten und einen Himmel, dessen man sich nicht sicher ist. Die Formen der Stadt sind kanalisiert und alle paar hundert Meter fließt das Wasser symmetrisch zusammen. Die Häuser stehen auf quadratischen Inseln, die manchmal um die Ecken gebogen werden. Eine strenge Struktur herrscht über Amsterdam und reizt die Gedanken zum Übermut. Und doch findet man zwischen den Grachten unerwartet viel Raum für spektakuläre Phantasien, ikonografischen Erfindungsreichtum, Wagnisse und Eigenmächtigkeiten. Tausend Bilder wachsen auf der Netzhaut. Die Haubentaucher schwimmen mit halben Joints zwischen den Schnäbeln davon und der nächste Sexshop ist nie weit entfernt. Ich denke in sprachlichen Ordnungssystemen. Ich denke in einer sehr verwertbaren Sprache, akkurat und sorgfältig, und schreibe sie Dir auf, adressiert an den Ort, wo wir einst gemeinsam lebten. Man denkt, um schlussendlich reichhaltig fühlen zu können. Ich gehe spazieren und treibe die Einfälle mit jedem Schritt voran und vor mir her und an den Wochenenden lebe ich ohne Uhr und ohne Zeit. Da ist ab und an ein gleißender Gedanke und dann: der große Schlaf und sonst nichts.

Man hält sich an sich selbst. Der Himmel ist eigenartig gewölbt und manchmal: schwer zu ertragen. Niederländisch ist eine unverdauliche Sprache mit ebenso unbekömmlichen Vokabeln. Man isst *Poffertjes* und *Pannekoeken*. Die Ohren gewöhnen sich an den Klang, aber die Zungen sprechen immer weiter in den Sprachen, die man das allererste Mal als Kind hörte und nie wieder vergaß. Der Gasherd ist geschwärzt von verbrannter Butter und das Waschbecken im Badezimmer klingt wie ein Ungeheuer, wenn das Wasser den Abfluss hinunterfließt. Wenn man abends auf der großen Matratze am Boden liegt, ist man mit den Fingern längst unzählige Male über den Stadtplan gegangen und übers Meer gefahren. Das Meer hier und überall ist heiser und silbern, mit Löwengebrüll an den Wellen. Jene, die Kummer haben, starren aufs Wasser, bis es finster wird. Ins Meer kann man leichter weinen, weil die Tränen schlussendlich nur dorthin zurückfließen, wo sie augenscheinlich herkommen. Die Jahreszeiten vergehen und man denkt im Sommer anders als im Winter. Man liest die englischen Zeitungen und auch wenn einem die schlechten Nachrichten vertraut sind wie schlechte Gewohnheiten, verdunkeln manche die Augen mit Druckerschwärze. Man ist nie der erste Mensch mit Schicksal. Auch das Wünschen hat die Linearität verloren und ist destruktiv und vielversprechend geworden. Ich wünsche mir alles, was mir einfällt. Ich bin selbst überrascht über die unkaputtbare Anatomie des Wunsches und lächle für jeden einzelnen Gedanken, der mir auf der Straße begegnet.

Ich habe gelernt: wenn Du an die Zukunft nicht glaubst, glauben Dir die anderen die Gegenwart nicht. Wer nicht an die Zukunft glaubt, nimmt der Gegenwart das Herz. Gefühle legen auf Zumutbarkeit keinen Wert, haben selten einen guten Grund, aber immer eine unerschütterliche Existenz. Deine Zuneigung ist so azyklisch gewesen wie die Zukunft, die Du Dir nicht einmal bis morgen vorstellen konntest. Der Liebende lässt sich nicht ablenken von Beliebigkeiten und Angst entbindet nicht von Mut. Als ich fortging und Du endlich begonnen hast, Dich nach mir zu sehnen, hat sich meine Sehnsucht erfüllt. Ich liebe die Fremde und Deine zweite Heimat ist immer die Befremdung gewesen.

Es ist Tulpenzeit. Die Arkaden und Bahnsteige der Haarlemer Bahnhöfe sind so stark parfümiert von den umliegenden Feldern, dass auch der Wind der Windmühlen den Blumenduft nicht wegblasen mag. Die Gegenwart des Geruchs verwinkelt sich zwischen den Koffern der Wartenden. Merkwürdige Szenen spielen sich in den Häuschen der uralten Wartehallen der ersten und der zweiten Klasse ab, die aus Zeiten stammen, in denen man die Gesellschaft streng auseinanderdividierte. Ich stehe vor den Fenstern und hinter den Glasscheiben tanzen uralte Männer und Frauen in Seidenkleidern am helllichten Tage Walzer. Eine Kapelle spielt und die Senioren drehen sich über den Boden des Bahnhofs, als feierten sie ein Fest. Draußen leuchten die Tulpen. Die Damen lehnen stumm die Köpfe in die Halsbeugen ihrer grauen Kavaliere und die Reisenden drücken sich die Nasen platt an den Fensterscheiben. Für ergreifende Bilder muss man jene, denen man sie erzählt, um Vertrauen bitten, Liebster. Die Welt ist manchmal so schön. Die Scheiben der Züge zittern im Fahrtwind, die Tulpenfelder liegen in Streifen auf der Erde, als wären tausend Regenbögen heruntergefallen, und ich sehe eine einzelne Windmühle und Millionen Fahrräder. Die Holländer: müssen in Fahrrädern denken.

Die Bahnübergänge abends haben einen sahnigen Himmel über den Schienen und den stehengebliebenen Uhren. Ich reise und irgendwann gibt es einen Abschied und das schlechte Gewissen auf den Bahnhöfen, wenn man den Abschiednehmenden in ihren Abschied schaut: erst in die einander zugekehrten und dann in die abgewandten Gesichter. Ich konnte mir Abschied noch nie vorstellen: weil ich nie aufhöre zu lieben.

Heute: gibt es Yasmintee und unwegsam kleinliche Gedanken, als der Abend heraufschauert und der Geburtstagskuchen kleiner wird. Am Balkon ist es längst kalt geworden, aber der warme Wind aus Haschisch steigt von den Gehwegen auf. Der Konjunktiv lärmt im Kopf und sammelt Argumente für die Zukunft. Die Artillerie des Einspruchs zu bekämpfen, ist beinahe eine Gewohnheit geworden, als wären die guten Tage bloß eine künftige Tatsache wie der Tod. Ich rauche und ich lerne Vokabeln mit aufgeschlagenem Wörterbuch. Manche Gedanken und Hoffnungen sind uneinnehmbar, was auch immer einen die Erfahrung gelehrt hat. Die Ethik des Verzeihens fällt dem leicht, der die Sehnsucht nach der Vergangenheit verloren hat. Vor den Münztelefonen hat man das Gefühl, wieder Schulkind mit Bauchschmerzen zu sein, und wenn man den roten Hörer abhebt, schlägt das Herz zu den Augen hinaus. Dich zu hören, ist seltsam. Wir sind fortgereist voneinander und die Jahre sind lang geworden. Irgendwann wird es immer schwerer, sich in der gleichen Realität zu treffen, vor allem, wenn man diese zugunsten einer anderen aufgegeben hat. Wenn wir miteinander sprechen, wird die Distanz gar nicht mehr zurückgelegt oder mit Negativgeschwindigkeit. Jetzt sind Du und ich in der gemeinsamen Befremdung zu Hause und ich schreibe Dir Briefe aus meiner Welt und Du gratulierst mir zum Geburtstag, als wohnten wir nicht auf derselben.

Wenn ich arbeite, sitze ich mit meinen Büchern neben den glasierten Enten im chinesischen Viertel. Die Köpfe der Vögel baumeln von den Haken und ich trinke japanisches Bier. Die Lippen sind heiß und rot von den scharfen Speisen, sodass der Mund spannt und aussieht, als hätte man jemandem einen geblasen. Hinter den Preisen auf den Speisekarten mit den blassen Bildern steht überall ein großes *E,* weil die Eurozeichen auf den Tastaturen nicht funktionieren. Man verwechselt die Chinarestaurants mit buddhistischen Tempeln. Die Müllsäcke liegen schon mittags auf den Straßen, auch wenn sie erst am folgenden Morgen abgeholt werden. Fliegen sitzen in den Küchen der kleinen chinesischen Köche. In den Suppen findet man Knochen und Krallen. Während sich die Touristen ekeln, frohlocken die Weltbürger. Dieses Lachen und diese Abscheu sind die unterschiedlichen Reflexe einer Gesellschaft auf das Fremde. Hier hört man auf höflich zu sein. Gefühl ist präpotent. Abends, wenn ich heimgehe, setzen sich die Comicladenbesitzer hinter den Theken ihre *Maneki Nekos* auf die Bäuche und lassen mir die Glückskatzen nachwinken, bis ich zwischen den Gassen verschwunden bin. In den dunklen Ecken macht man *Fortune Cookies* und die Wahrsager rufen mir nach, dass die Zukunft kommen wird.

Untertags weht der Wind ohne Unterlass und es herrscht bizarre Harmonie in der Stadt. Vertraulichkeiten und Küsse werden nicht zur Schau gestellt, aber in den Cafés spielen Balladen über das Auseinandergehen und den hauchdünnen Schmerz der Liebe. Am Waterloomarkt werden fremde Mäntel, zweimalig verschenkte Lebensträume, abgetragene Gedanken, neue und alte Häute, weiße Brautkleiderhaufen, Gasmasken, Hexenröcke, Altwaren und Gemüse feilgeboten. Die Haut verkauft man hier immer wieder neu und die Verkäuflichkeit ist ein Sinnkriterium geworden, mit dem man vorbehaltlos lebt. Im Rotlichtviertel nebenan stehen furchtbar dünne Mädchen, kaum eine Hand breit, und Frauen mit wilden Brüsten wie große Tiere in den Schaukästen und die Touristen schauen durch die Fenster, als stünden sie inmitten eines Zoos. Nachmittags schieben die Mütter seelenruhig ihre Kinderwagen an den Prostituierten vorbei durch die engen Gassen, aber abends wird Amsterdam zur Piratenstadt im Kleinformat. Die Nacht kommt und mit ihr die an den Grachten entlangströmenden Menschenmassen. Binnen Sekunden ist die Stadt überfüllt und alles in rotes Licht getaucht. Für Stunden herrscht Walpurgisnacht zwischen den nassen Pflastersteinen und die Nutten klopfen gegen die Scheiben ihrer Zellen, als pochten sie an verschlossene Türen, bis sie hinter ihren Kunden die Vorhänge zusammenziehen. Die Lippen der Frauen sind aufgedunsen und finster, aber die Blicke kriegerisch, als seien sie nicht von dieser Erde. Man taumelt und trinkt und lässt den Rum aus den Flaschen in die Münder stürzen. Die Exzentrik und die Gesetze der Nacht entwaffnen, und auch wenn alles zwei Seiten hat, scheinen manches Mal beide dunkel. Starre Körper sitzen mit weit aufgerissenen und abwesenden Augen an die Fassaden der Tattoostudios und Sexshops gelehnt und baden im Schweiß der Drogen. An den Ecken halten die Dealer Kokain unter die Nasen der Vorübergehenden und in den Coffeeshops liegt der gleiche Nebel, der auch über dem Asphalt auf den Straßen stockt. Es ist ein düsteres Paradies. Die Zeitbilder desillusionieren und der Himmel ist leer geplündert: ohne Wolken. In den Lokalen fehlt die Musik, aber auf den Leinwänden kann man den ruhigen Schlaf Schneewittchens in Strapse unter einem ausladenden Penisbaum beobachten. Die Farben flirren über die Bildschirme und in den Zeichentrickfilmen kriechen winzige Drachen aus den Unterleibern der Riesinnen, um höhnisch die Geschlechtsteile der eindringenden

Monster abzufressen. Utopie und Zerfall sind modern in der Nacht. Später pissen die Männer ins schwarze Wasser der Kanäle, wenn sie wankend aus den Glaskästen der Nutten steigen und zum Himmel empor brüllen. Die Gefühle sind schlecht verwaltet. Die Seele ist dysfunktional und die Menge laut und: mit Angst kann sich jeder identifizieren. Fern von den Rotlichtvierteln gibt es in den schönen Clubs dann die Chanel-Taillen der Fünfziger, Champagner und glockenhelle Elektromusik auf französisch, die eleganten Gespräche der Wohlhabenden und das eingeknickte, nach vorn gebeugte Damenlachen unter einem hohen Hut und schmalen Röcken.

Ich bin in einer Live-Sexshow gewesen. In Caracas schaukeln die Mädchen unbekleidet und mit wehendem Haar in einer Manege und anderswo fahren die Frauen auf buntbemalten Pferden nackt Karussell, während die Männer aus der Entfernung zuschauen in der Dämmerung. Hier aber geht man über dunkle Treppen in die obersten Stockwerke der schmalen Häuser und sitzt auf Reihen schwerer Kirchenbänke. Die Getränke der Besucher stehen dort, wo einst die Gesangsbücher lagen, und die Schuhsohlen kleben auf dem Querbalken, auf dem man sich früher die Knie wundgescheuert hat. Ich trinke Orangensaft und der Strohhalm flimmert im Dunkeln. An den Wänden zerfleischen einander die an Gängelbändchen gehaltenen Löwen und die Frauen saugen mit zurückgeworfenen Häuptern an goldgelben Maiskolben im Panorama eines gemalten Amphitheaters. Auf der kleinen Provinzbühne lassen die schönen

Mädchen einen Rock um den anderen fallen und ziehen einander bunte Tücher und leuchtende Kugeln aus der Scham, als zeigten sie Zaubertricks. Auf dem Bühnenboden liegen faltige Handtücher, die die Darsteller aufbreiten, bevor sie miteinander schlafen. Ein zahnloses Paar lacht aus vollem Halse, während es sich liebt und ein anderes ist fett und fickt nur zu *These boots are made for walking*. Ficken sollte mondäner sein, Liebster. Eine makellose Merkwürdigkeit und eine nebensächliche Gelassenheit liegen über der Szenerie und den Tanzschritten. Die speckigen und vom Winter totenweißen Körper falten sich auf und zu und das glatzköpfige Publikum hält den Atem an mit großen Augen. Zum Ende hin stecken sich die Mädchen Bananen in die Mösen und lassen die schreckhaften Freiwilligen von dem Obst abbeißen. Die vom Rasieren wunden Venushügel sind mit Make-up überschminkt und Bon Jovi singt: *I wanna lay you down in a bed of roses.*

Amsterdam ist immer noch fremd, unsäglich, toxisch, erhaben, und trotzdem macht es frei im Kopf. Ich will tausend Dinge und die Wünsche gehen nicht aus, wie viele ich auch in den Äther schicke. Ich will, dass die Impulse Folge leisten, Liebster. Ich esse Reste, die von der Geburtstagsparty übrig geblieben sind und bin glücklich und habe vier Tage nicht an das Unglück der Vergangenheit und dreieinhalb nicht an den Prostatakrebs meines Großvaters gedacht. Im Hirn ist jeder Buchstabe zu den aufregendsten Gedanken verführt, die sich zu Mosaiken ordnen. Man denkt, um schlussendlich reichhaltig zu fühlen. Aus dem Nebenzimmer kommt Musik, deren Töne sich im Ohr auffalten. Ich singe mit reichhaltigen Wörtern mit und ich denke in Doppelpunkten. Heute: habe ich die Geburtstagskerzen zum Müll getragen. Heute: bin ich alt geworden. Es ist grausam, bei den ersten Falten an den Tod zu denken, es ist überhaupt unverantwortlich, an den Tod junger Menschen zu denken. Ich habe Falten unter der Oberfläche nach all den Jahren und Orten. Ich habe Falten innendrin: ein Herz, so faltig, als wäre es eine Ziehharmonika und Wünsche: wie Sommersprossen darauf. Die Kirchenglocken läuten lange und ich habe das Gefühl, dass ich bald weiterreisen werde. Es dunkelt über Amsterdam und dann: kommt die Nacht wie ein Schrei.

PERU

Not all those who wander are lost.

(J. R. R. Tolkien, *The Lord of the Rings*)

3.416 Höhenmeter, Cusco, Peru, 12.06.2010

Liebster.

Die Luft ist so dünn. Wenn man tief einatmet, ist es nichts, und wenn das Herz zu schnell schlägt, schmiegen sich die Lungenflügel aneinander wie schöne Tiere und man fühlt, als ertrinke man innendrin. Ich schreibe und in der Küche klimpern die Affen mit dem Geschirr.

Die ewig gleichen Prozeduren verhelfen einem von einem *Hier* zu einem *Dort*. In den Därmen der Flughäfen wirkt die Peristaltik der Gebäude und auf den Rollstreifen quellen Koffer hoch und nieder und werden geschluckt, wenn man sie nicht schnell genug wiederfindet. Der Flughafen der Hauptstadt ist in Etagen auf- und in den Boden hineingeschichtet und in den Windungen und Kreuzungen der Transportbänder verliert man die Linearität der Gewohnheit.

Die Streben verlaufen kreuz und quer und es ist der Verdauungstrakt eines fabelhaften Ungeheuers, der mich in die Welt schleust und ausscheidet an einem Ort: von dem ich nichts gewusst habe.

Hier: beginnt man regelmäßig zu weinen, damit die Tränen den Staub aus den Augen spülen. Die Einkaufszentren von Miraflores sind Bastionen der Illusion und jene Menschen, die zum ersten Mal eine Rolltreppe sehen, fahren ängstlich mit gertenschlanken Frauen in Uniformen hinauf und hinunter, die ihnen beruhigend die Hände auf die Schulter legen. Am Straßenrand Limas liegen erschossene Hunde neben den Sandfabriken und die Wüste beginnt millimetergenau dort, wo die Stadt aufhört. Die Stadt selbst ist wüst und verwüstet in ihren verletzlichen Ecken. Die Hängepflanzen trotzen dem Wind und halten sich mit holzigen Fäusten an den venezianischen Balkonen fest, bis sie in der unerbittlichen Sonne vertrocknen. An den Straßenecken tippen Schreibmaschinenschreiber für zwei *Soles* die hastig diktierten Liebesbriefe und Testamente, als ginge es um ihr Leben. Vor den Druckereien stehen die Schuhputzer im Staub neben ihren gleich Thronen hoch erhobenen Schuhputzstühlen und bringen die Schuhe derer zum Glänzen, die welche besitzen. Die Mädchen aber sind Kleingeldprinzessinnen und Weltmeisterinnen des kühlenden Wimpernschlags auf den heißen Straßen und werfen den Männern halbseidene Blicke zu, bis sie es müde sind. Zur Mittagszeit fallen die Männer auf ihren Stühlen zurück und schlafen mit klaffenden Mündern in den Druckereien, wo die Farben aus den Druckerpressen laufen wie der Kakteensaft aus den Obstständen draußen auf den Gehwegen. Dort spannt man die Orangen zwischen wunderliche Geräte und Schraubstöcke und dreht an den Gewinden, bis die Schalen in langen gelben Hobelspänen auf den Boden fallen und die ganze Welt duftet.

Ich habe eine neue Haut für einen alten Menschen, Liebster, und das Herz ist in Amsterdam rechtzeitig aus der Reparatur gekommen, um es mitnehmen zu können nach Südamerika. Irgendwann hat man ein Recht auf neue Helden. Manchmal muss man die Oberfläche heilen lassen, anstatt pausenlos an ihr kratzen zu wollen, um tiefgründig zu sein. Dann setzt man die totgedachten Gedanken aus und sie verirren sich in den fremden Straßen und kommen nicht wieder. Man fließt in die Ritzen der Welt und lässt das Chaos der Bilder und Farben sich solange ins Hirn feiern, bis die Leere, die sie hinterlassen haben, getilgt ist. Die Welt ist so sinnlich, dass sich die Augen an den Farben betrinken. Man findet Trost im dem blühenden Fleisch des Obstes und dem saftigen Magenta der Kaktusfrüchte, dem zerbrechlichen Rosa der aufgebrochenen Wassermelonen und dem Granat der Äpfel, in Papaya und Melon, Mandarinengrün und Mandarinengelb, und endlich die Sicherheit, dass alles gut wird.

Auf den Märkten vermischen sich für einen zwergenhaften Moment die Schichten und in den kreischenden Menschenmengen stehen die

Pornosammlungen und Jesusstatuen mit einer Ruhe beisammen, als verstünden sie die Aufregung aus den gleichen Gründen nicht. Auf den Waagschalen schaukeln weiße Pilze, als wären sie Mädchen, die sich am Spielplatz unter einem großen Hut verbergen würden. Die Männer thronen über kreisrunden Brotfladen und die Alten sitzen inmitten weißer Gewürzsalze. Das Zirpen und Rattern der Nähmaschinen wird zum Vogelgesang der Märkte, wenn man sich den Weg bahnt durch die hunderten, in Stoffballen gemummten Frauen, die auf Wollbergen und Seidenabhängen sitzen und sich die Borten der Stoffe aus dem Gesicht wischen wie Haar, das ihnen die Stirne verhängt. Es sind beschauliche Bilder. Die Säuglinge dösen in den Stofflandschaften der Mütter und lutschen im Schlaf an weichen Erdbeeren, während die abgehackten Schafsköpfe nebenan mit gebleckten Zähnen ihre Träume bewachen. Die Häute des Schlachtviehs verdorren an Haken und die ballongleichen Gallenblasen der Tiere hängen dutzendfach zusammengefasst an den Pfählen. Fährt der Wind zu wild durch die Gänge, schaukeln die Blasen in der Luft und bersten am Boden auf den trocknenden Kräutern. Über den Tischen, auf denen das Fleisch geschnitten wird, baumeln die Zopfspitzen der Peruanerinnen über den Eingeweiden und tauchen ins Blut, als wären sie Pinsel, bevor die Frauen sie rasch wieder herausziehen. Der Geruch beißt in den Schleimhäuten und trotzdem ist es das pure Leben. Ich trinke köstliche Mango-Kondensmilch aus Plastikkannen, aber die Hunde saufen an den tropfenden Kochtöpfen der Alten, bis man sie vertreibt und es dunkel wird.

Abends sitze ich dann alleine im Zug der Schwingtüren der Salons und die Ventilatoren fliegen durch die Luft wie große Vögel. Wer etwas Beliebiges von der Speisekarte bestellt, bekommt unter dem Johlen der Gäste auf einer Holzbahre ein ganzes Schwein serviert, das die dicken Kellnerinnen zu zweit auf den Tisch stellen. Um sich nach dem Essen die Hände zu waschen, liegt Waschpulver neben den Waschbecken, das die Finger riechen lässt, als wären sie frisch gewaschene Hemden. Der Schnaps und der *Pisco Sour* gehen niemals aus in den Spelunken. Ich tanze auf den Theken der *Salsa*-Bars und lerne: *La Salsa es una forma de vida* und dass man das Leben nicht verstehen muss, um es zum Fest zu machen. Hast Du gewusst, wie glücklich man sein kann, Liebster. Es ist wahr, dass die Musik die altbackenen Herzschläge aufrüttelt und die Hüften mit Schwüngen speist, die man nie für möglich gehalten hätte. Die Glocken läuten hier stündlich im Kopf und hinter den Häusern brät man Meerschweinchen in Erdöfen. Die Bars dröhnen und an den Fenstern rauscht die Stadt vorüber. In Südamerika erzählt der Wind so viele Geschichten gleichzeitig, dass die Menschen der Einfachheit halber sagen: es wäre ein Rauschen.

Tags blendet die Höhensonne und nachts wird es dunkler, als es je gewesen. Die Straße, in der ich lebe, ist voller *Pollerias* und hier gibt es bloß Huhn und Internet. Heute bin ich auf einem Jahrmarkt gewesen, der mit Taschen satt an Wunderlichkeiten aus der Straße vor meiner Absteige aufgetaucht ist, als wäre er ein Luftschloss. Ich hatte Mühe, meine Augen wieder einzusammeln und herauszuzerren aus dem fiebrigen Treiben. Man nascht hier an den zuckersüßen Nächten, die über die Straßen kommen wie Wahnsinn im Sommer. Da tragen die Menschen Weintrauben, auf Holzstäbchen gespießt, in den Händen, als wären es winzige Köpfe. Da regnet es Zuckerstreusel und die Marshmallows blähen sich im Dunkel, während die hellen Kokosnüsse unter dem Getrappel der Massen zerbersten. Der Rauch der Räucherkegel und der Garküchen erfüllt die Luft und die Schweine lugen besorgt hinter den Kesseln hervor. Die Märkte gleichen Spielhallen, in denen man mit Monopoly-Geld bezahlt und es mit der Wirklichkeit nicht allzu genau nimmt. Man tanzt mit tausend Armen und Beinen. Die Feste fallen und man feiert sie. Die Frisösen haben lackierte Nägel, die im Dunkeln leuchten und trinken aus Parfumflakons. An den rasselnden Ketten der Karusselle fliegt man so schnell, dass die Kaugummiballons der Kindermünder in der Luft zu Seifenblasen werden und in den Himmel davonfliegen. Hinter den Schießständen sind die Tore der Kirchen aufgerissen, damit auch die Totenschädel, die Knochenkronen aus ihrem eigenen Gebein tragen, ins Wunderland der Menschlein blicken können. Weil man es zwischen all den schönen Dingen ertragen kann, jagt man einander Angst ein. Dann wärmt man die klammen Finger an triefenden Bananenkuchen und an heißem Kokosgebäck, bevor man zurück in die Menge stürzt. In jedem Land genießt und krankt man anders. Die Genüsse und Krankheiten sind die festlichsten Stellen der Orte und geben ihnen ihren eigenen Charakter.

Glück und Unglück formen den Ländern und ihren Bewohnern die Gesichter, an die man sich erinnern wird, wenn man sie verlässt. Dann bleibt das Jahrmarktsbild des nachdenklich im Dunkeln sitzenden Jesus der Basilika, dem die Tränen ins Gesicht gestickt sind, und das Bild der lachenden Menschen, die nebeneinander herlaufen mit glänzenden Mündern, bis die Lippen aneinander kleben bleiben vom Zucker.

Wenn man aus der Stadt fortgeht, weiß man nicht, ob es leere Weite oder weite Leere ist, die einen umgibt. Wer die Stadt verlässt, verliert sich im Land. Die Weizenfelder in den Anden haben weder Anfang noch Ende. Die Luft ist dünn und der Abgrund eine mathematische Sicherheit. Die Berge wachsen aus der Erde. Die Häuser sinken wie Schiffe in die Landschaft hinein, als gingen sie unter in den elendslangen Weiden. Zwischen den Gräsern halten Zauberpriester und Naturheiler Rituale, die das Unglück, das einem zugestoßen ist, heilen mögen. In den Feuern verbrennen die Schamanen als Opfergaben Alpakaembryos, die in den Bergen aufgelesen oder auf dem Hexenmarkt von La Paz verkauft werden. Es riecht immerzu nach geröstetem Getreide und man verklebt sich die Augen an den Spinnennetzen der Bäume. Die Zungen der Hunde sind heiß und die Zitzen wehen im Wind. Abends reicht man grüne Bohnen zum Essen und es tauchen Schatten auf, die Formen haben, die man sich nicht erklären kann. Es gibt die Gewissheit, dass ein gutes Ziel nicht immer für einen schlimmen Weg entlohnt. Ich gehe hier so weit, dass ich die Distanz zwischen Dir und mir auf der Welt sichtbar mache. Ich gehe und gehe und die Beine schmerzen und irgendwann setzt das große Verzeihen ein. Man hört sich das Unglück an im eigenen Kopf, das man nicht leid ist, sich selbst zu erzählen, und behebt es mit jedem Schritt. Die Anden liegen so leer vor den Augen, als wären sie unbemannte Erde, aber nachts setzen die Busfahrer dennoch ihre Lesebrillen auf, um in den Kurven zu überholen.

Die Tage verfliegen zwischen den goldgelben Bergen des Hochlands und verschwinden mit den Nächten, als hätte es sie niemals gegeben. Die Wolken pendeln in einem zerbrechlichen Blau am Himmel auf und ab, als hingen sie an dem Mobile eines großen Kindes und müssten die Welt unterhalten. Hier trifft man nicht immer Herzensurteile, aber beherzte Hirnentscheidungen an den guten Tagen. Die Züge bringen mich gen Süden nach Aguas Calientes auf die lärmigen Bahnhöfe, wo die Melonen neben den Waggons die Gleise entlangrollen. Die Dschungelstadt ist erfüllt von Nacht und Hitze. Die rosa Lampions leuchten jenen den Weg, die den schönen Mädchen heimlich ins Fußballstadion folgen wollen. Die Bäume sind himmelhoch und die Hängebrücken haben holzige Arme, die sich von entgegengesetzten Ufern die Hand reichen. Dort sitzen die Heiligen und die Verwirrten am Flussufer im Getöse des Wassers und die Moskitostiche dieser Nächte schwellen an, bis die Haut platzt. Die Männer hier tragen hohe, steife Hüten mit einem breiten

Band und die kleinen Frauen, die schmutzige Wäsche zu Kilopreisen waschen, lange graue Zöpfe, mit denen sie die Männer an sich binden. Jeder, der eine Waschmaschine besitzt, verdient sich damit sein Geld in der Mittagszeit. Die Stadt würde Dir gefallen, Liebster. Gegen Halsschmerzen nimmt man hier keine Medikamente, aber Maracuja und dunkle Schokolade.

Ich bin krank. Ich verliere meinen Körper an die Umstände und die Umstände verlieren mich irgendwo in den Tagen. Es regnet wie unter der Dusche und die Architektur der Gedanken bröselt im Fieber. Es ist ein großes Dahindämmern und Verwittern in wenigen Minuten, als wäre man aus Sandstein gebaut. Ich scheitere an meinen Därmen und der zitternden Haut, ich verliere meinen Körper in Kilogramm. Auch das Hirn hat Essstörungen. Es frisst sich die Erinnerungen an schöne Zeiten hinein, als wolle es sich trösten, und kotzt alles wieder aus, wenn sie zu wenig mit der Gegenwart zu tun haben. Die Besitzer des *Hostals* schleichen mit schmalen Schritten durchs Haus und flößen mir Tee ein, wenn das Zittern erlahmt. Ich sitze in den Ecken und höre den sulzigen Tönen des Bauches zu und steche mich an der Nadel des polnischen Heiligenabzeichens, das mir Glück bringen soll. Noch nie war ich so verzweifelt und noch nie hat mein Körper mich so sehr betrogen. Meine Beine sind so kalt, dass ich sie nicht mehr spüren kann, und irgendwann falle ich in den großen Schlaf, von dem ich einst träumte, dass er der letzte wäre.

In den Morgenstunden entwickelt sich die Welt auf Negativen aus der Dunkelheit und der Himmel wird sichtbar: Stück für Stück. Als ich wieder aufwache, bin ich dünn geworden und vermisse Dich. Es riecht nach Eukalyptus und die Haut ist durchscheinend geworden. Die Zukunft hat das Herz am rechten Fleck, auch wenn das Herz ein widerborstiger Bastard ist. Ich lege mir neue Wünsche zu, wenn ich gesund werde. Ich bin unberechenbar geworden und meine größte Angst ist, nicht weiter gehen zu können. Die Straßen sind doch der Kitt in den gebrochenen Herzen. Die Blumenverkäufer vor meinem Fenster fädeln ohne Unterlass Blüten auf lange Schnüre und nähen Blumen zu Trauerkränzen zusammen, als strickten sie an einem Schal.

MOSKAU

O Nacht! Ich nahm schon Kokain,
und Blutverteilung ist im Gange,
das Haar wird grau, die Jahre fliehn,
ich muß, ich muß im Überschwange,
noch einmal vorm Vergängnis blühn.

(Gottfried Benn, *O Nacht!*)

Moskau, Russland, 15.09.2010

Süßer.

Hier: es sind die Nächte, in denen man so viele kleine Tode sterben kann, wenn man sich nur darum bemüht. Reisen ist auch bloß eine Gewohnheit geworden, wie man mit Orten und Grenzen umgeht, und ich komme und ich gehe und ich bleibe nie. Reisen ist auch bloß eine Gewohnheit geworden und irgendwann der schmerzhafte Punkt: von dem an man nie mehr als ein paar Stunden zu Hause sein wird. Ohne Abreisedatum kann ich nicht leben und zwischen dem *Hier* und *Dort* findet man kultivierte Verletzlichkeit und die Erschöpfung der Welt beim Warten.

Die Stadt besteht aus einander abweisenden Häuserschichten und die Straßen sind schlaflose Schluchten zwischen den Häusern: maßlos, extrem und laut, auch wenn es drei Uhr morgens und dienstags ist. Die Uhren hören nicht auf und lassen der Zeit keine Ruhe und zählen im Untergrund die Sekunden herunter. Die Metrostationen sind die Paläste des Volkes, sagt man, und Kyrillisch schlägt Haken im Kopf. In der Metro gibt es Gerüche, die aufreibend und käsig in die Nasen steigen. Schweiß und Wodka verdunsten aus den Poren und der Urin rinnt die Waggons entlang, die durch die Tunnel fahren, als wären sie lange holzgetäfelte Wohnzimmer auf Rädern. Die geheime Metro ist geheim und jährlich sterben jene, die sie suchen, und verhungern in den Schächten und Gedärmen der Stadt. Die geheime Metro ist eine urbane Legende, die die unterirdischen Bunker des Kreml und der Geheimdienste verbinden soll, und manche halten sie bloß für die Privat-U-Bahn Putins. An den Ausgängen stehen Obststände und das Gemüse ist Popart und hinter die Auslagen geschüttet. An den Straßenrändern werden kleine Tierjungen in Handtücher gewickelt und zum Kauf angeboten. Die Verkäuferinnen haben wodkaklare Haut und glänzende Augen, wenn sie um die Preise feilschen. Ihre Lippenstifte sind granatapfelrot und auf den heruntergefallenen Kernen der Früchte rutschen später die Betrunkenen aus in den dunklen Stunden.

Vor den Hallen tanzen kleine Mädchen in Prinzessinnenkleidchen um die Blumenstände und setzen einander die abgefallenen Blüten wie große gelbe Trompeten umgestülpt auf die Köpfe, als wären es Hüte. Die Märkte hier sind Knäuel aus Auswürfen und Verkäufern und die Granatäpfel rollen wie Köpfe zwischen den Fischen. Falsche Sonnenbrillen und usbekische Kirschen wandern durch aufgeregte Hände und eingelegte Salzgurken machen diese essigsauer und käsig wie ein lange nicht gewaschenes Geschlecht. Das Kraut lagert in den Fässern. Die Häute der Fische glänzen in Gold und Silber und die Schuppen lassen Schimmer auf den Kanten, über die man sie gezogen hat. Die dunkelblauen Rosinen aus Tadschikistan kullern wie die Lottozahlenkugeln durch große Trichter und die ägyptischen Sultaninen sind hell wie mintgrüne Glassteine oder Glycerin. Die Dillbündel wehen im Wind, aber die Walderdbeeren dampfen in den abgeschnitten Plastikflaschen. Die getrockneten Früchte sind orangene Hügel, aber die Marillen hellrot wie der Kaviar im Herzen Moskaus. Die Walnüsse sind mit Granatapfelsirup übergossen und hängen in langen Schnüren wie der russische Regen über der Stadt. Hagebutten und dunkelblauer Rosmarin duften abwechselnd. Das Getränk aus vergorenem Brot stinkt zum Himmel und der Himmel liegt makellos über den Vororten, wo so vieles beschädigt ist.

Ich habe einen kleinen Koffer gepackt in der Nacht und ich habe Dich verlassen in meiner eigenen Wohnung und bin über Deinen

Schlaf und Deine zuckenden Augenlider gestiegen. Die Hähne haben mit dem Wecker gekräht und ich weiß nicht, was ich je an Dir geliebt habe. Es ist gewesen wie immer: Du hast die Nächte wild verschlafen und wunderst Dich, dass ich Dich nicht liebe. Die anderen sind wach geblieben, um jede einzelne Sekunde mit mir zu genießen und Du hast neben mir geschlafen. Die Herzschläge sind Fehlschläge geworden. Ich gehe in die große Welt zum Trost und Du wolltest nie Teil meiner kleinen sein. Die Zeiten, in denen sich das Herz ausgebeult hat vor Sehnsucht, sind vorbei, und ich habe keinen Muskelkater mehr im Herz vom vielen Sehnen. Irgendwann spreizt man die Beine so weit, dass die Welt dazwischen passt. Manches Mal muss man die Beine breit machen, um die Weltkugel in sich aufzunehmen und sich den Globus durch die Innereien bis in die Gedanken drehen zu lassen. Dann: ist man nie mehr alleine oder immer heimatlos.

Hier in Moskau erfindet sich die Welt eine Stadt, die es nicht geben kann, und alle machen mit. Hier ist es ein Märchen der Gefühlskälte und der Ekstase, voller Nächte, die niemals dunkel werden im Sommer, aber als grauer Beton in den Himmel gemauert sind. Hier: ist es Musealisierung. Die Gesichter und Geschichten sind gefroren zum Ausdruck der Sowjetgeschichte und der postkommunistischen Gesellschaft zwischen den Teeclubs und den russischen Wäldern. Der Stacheldraht ist das Himmelsmuster der Vorstadt und die Säufer wiegen gegen den Takt. Aus den Hauseingängen und den Nischen rinnt der Urin auf die Straßen, wenn die Frauen ihre Röcke heben.

Ich habe nicht einen einzigen Grund, nach Russland zu kommen, aber einen Urgroßvater, der einst Kriegsgefangener gewesen war in Novosibirsk. Obwohl man im Krieg die Tage nicht mehr gezählt hat, erinnert sich meine Großmutter an das Datum, an dem ihr Vater für zehn Jahre verschwunden war. An einem Dienstagmorgen hatten sie ihn mitgenommen, als alles schon verloren war und die Morgen waren kalt gewesen in den steifen Soldatenmänteln, die übers Knie gewachsen waren. Es ist seltsam: stets erinnert man sich an die Momente des Verschwindens und die hauchdünnen Zeitfenster, in denen die vorherbestimmten Lebensgeschichten abhandenkommen, aber selten an die Anfänge. Der Urgroßvater hat keinen Namen für mich und ist bloß der Held einer jener alten Geschichten, die mir meine Großmutter erzählt, wenn ich sie besuche. In den russischen Pathologien hatte er die Jahre abgesessen, die Leichen auseinandergeschnitten und die Menschen ausgenommen in der Kälte. Die Herzen der Toten sind auf den silbernen Waagen und Präparationstischen festgefroren, wenn man zu langsam war. Die Finger waren blau und nachtschwarz geworden mit den eisigen Wintern und als er wiederkam, waren sie längst unbrauchbar. Über die Frostbeulen, die juckend und schmerzhaft unter der Haut lagen wie Eisberge, hatte man Schnaps geschüttet und nachts geträumt, dass sie sich in Feuer verwandeln würden.

Ich verzeihe mir hier nichts und jedem anderen alles. Ich bin zum Leben gekommen und zum Ficken mit der Welt, wenn ich mit meinem Körper und meinen Gedanken nichts anderes anzufangen weiß. Es gibt Nächte, da kann man mit seinem Körper nichts anderes anfangen als miteinander zu schlafen. Hier muss man die Formen nicht einhalten. Ich rauche Shisha mit Milch und Honig und trinke marokkanischen Minztee, dessen Blätter an der Zunge kleben bleiben, wenn man nicht aufpasst. Wer kein Russisch spricht, ist verloren. Die Sprache zieht sich in die Gedanken zurück und juckt in den Hirnfalten, aber die wenigen Vokabeln, die man lernt, klumpen auf der Zunge und bröseln die Straßen herunter. Die eigene Sprache verteidigt sich unzivilisiert und krallt sich an den Charakter, als sauge sie sich mit Tentakeln und gierigen Mündern fest an der Seele. Sprache ist schlussendlich eine Charakterfrage. Russisch klingt immer bedrohlich: egal, was die Menschen sagen.

Moskau ist extrem und unvergleichlich. Ein Kulturschock, bei dem der Schock überwiegt und der Wodka nicht gut sein muss, aber wirkungsvoll. Der Wodka ölt die Zähne und löst die Vorbehalte auf, bis sie sich bewahrheiten. Die Zunge ist eingelegt in Schnaps und bevor man auf den Gastgeber trinkt, trinkt man auf die Frauen und ihre hauchdünn geatmeten Kurven und gläsernen Hüftknochen, die den kleinen Männern die Augen ausstechen. Die Stadt pulsiert und hungert nach Leben oder verhungert daran.

In den Gassen dröhnt die Leere und die Häuser sind groß. Alles ist falsch und die Plätze bloß Kulisse des Scheins. Es ist ein Ort, an dem die Sinnlosigkeiten sinnlos bleiben und die Zukunft keine verwobenen Vorzeichen, aber Zufälle hat, denen man nicht entkommen kann. Hier: kommt man nie an und will nur leben. Hier sind die Röcke so kurz wie die Highheels der Frauen hoch sind, und was man in Europa als T-Shirt trägt, ist hier ein langes Kleid. Die Männer nehmen sich, was sie wollen, und einige Frauen sind dumm und mitunter macht beides attraktiv. Ich habe Lust, mir eine Warze auf die Nase zu kleben, um nicht schön zu sein. Russische Schlampen sind hier ein Hobby, das man haben muss in den größenwahnsinnigen Clubs, in denen die Körper der Tänzerinnen mit Blattgold belegt sind, als wären sie goldene Fische. Hier gedeiht das Geld, an das man glaubt, aber zu Rendezvous gehen die jungen Männer mit ihren Mädchen bloß spazieren, weil sie keinen Kaffee bezahlen möchten.

Man kratzt sich die Haut vom Gesicht in den kleinen Hotels und duscht kalt bei Kerzenschein. Das Wasser kommt aus den Rohren und ist so übel, dass es Schuppen von den Körpern schält, wenn man länger bleibt als nötig. Im Schlafsaal schlafen muskulöse Holländer und ein bengalischer Dichter, aber ein Paar hält sich nachts über die Stockbetten hinweg an den Händen, als wären ihre Arme Hängebrücken im Dunkel. Wenn ich warmes Wasser brauche, dusche ich in den russischen Sommergewittern. Ich denke: man sollte nur in Wolkenbrüchen duschen. Ich übertreibe ohne Unterlass. Ich will nie wieder zurückkommen irgendwohin, wo man nicht so sehr lebt.

Die Nächte: das sind Amor und Psyche im Scheinwerferlicht und das Rauschen der Geldbündel in den Fingern. Die Echos der Möglichkeiten kreischen hysterisch zwischen den geknebelten Strukturen. Die Häuser wachsen in der Nacht und die Autos werden teurer oder gefährlicher. In den schmalen Straßen parken große Wagen vor winzig kleinen Wohnungen mit Spiegeln, in denen man keine Gesichter finden kann, weil sie irgendwo verloren gegangen sind. Die Stadt ist eine melodische Hyperballade, eine saugende Hektik, eine hurende Lichtfabrik, in der man alles kaufen kann und manches Mal Augenblicke unbezahlbar sind. Hier strecken sich die Kühlerfiguren der Wagen in den Himmel und in Arabien müssen sie knien. Die Kaukasier sind Menschen dritter Klasse, hört man in der Metro. Die Schwulenparade ist erst zu Ende, wenn genug Demonstranten niedergeschlagen worden sind. In den Kirchen stehen Elektroherde. Es gibt Lilienbeete und Backsteine in den Klostergärten und die Mönche lachen mit koksweißen Zähnen hinter den verdunkelten Scheiben eines silbernen Mercedes, als führen sie geradewegs ins Paradies. Auf der Straße hält jedes Auto und spielt illegales Taxi für jene, die sie herbeiwinken. Die Fahrer zischen mit zusammengepressten Zähnen niedrige Preise durchs Fenster oder brausen schimpfend davon, wenn man nicht mitspielen mag. Die

Stadt ist heillos mürrisch und bedrängend und militärisch, und der, der es klug hält, hält sich zurück. Der Marmor des Untergrundes glänzt und die Rolltreppen sind fahrende Stiegen und so lang, dass einem oft schwindlig wird, weil man das Ende nicht sehen kann. In den Metrostationen wölben sich die grimmigen Bauernfiguren aus den Wänden und in der Stadt schneien die weißen Samen der Bäume in die Fugen der Straßen im Spätsommer. Die Samen sind Watte, die überall die Ritzen Moskaus füllen. Wenn man vorübereilt, stieben sie unter den Autos auf, sie verstopfen die Ohren, wenn man nicht hören will, sie fallen wie Schnee durch die Luft und durch die Atemwege, wenn man schweigen muss, sie kleben an den Wimpern, als herrsche ein ewiger Winter.

Die Träume in den Nächten haben tiefe Schlunde und sind Revolution und Science Fiction gleichermaßen. Manches Mal ist man müde vom Schlafen am Morgen. Ich träume hunderttausend Albträume in dem dunklen Schlafsaal, in dem man monatelang wohnen kann, ohne je mehr als ein paar *Rubel* dafür zu bezahlen. Die Betten scheinen magische Orte. Sie dämpfen die Spuren der Kämpfe und Lust und die Schmerzensschreie ersticken in den Laken mit den Erinnerungen. Die Hölle der schlechten Träume ist heiß und fürchterlich, aber die einzigartig hellen Morgen trösten mit ihren Farben, als wären sie einem Streichholz gleich an den Häuserlinien entflammt. Die Bilder der Frühe ähneln den Gemälden der Impressionisten. Morgensonnen spiegeln sich in allen Fenstern und die Bettler sitzen in den bröckelnden Hausmauerverschlägen. Die Straßenszenen bleiben Bilder, als ginge die Wirklichkeit Russlands nicht unter die Haut. Die Himmel spannen sich später abstrus und wühlend über Moskau, bis die Leinwände zerbrechen und die Farben rebellieren. Dann errötet die Stadt wie ein kleines Mädchen. Der Horizont putzt sich in Rosa, wenn es spät wird, und die Vorstadtskyline glitzert auf den Plattenbauten, die keine Treppen, aber Lifte haben, in denen man stecken bleibt und dann so lange eine Zigarette nach der anderen raucht, bis man gerettet wird oder ersticken muss. Auf den stillgelegten Panzern sitzen Spatzen und Stalin und Lenin argwöhnen von den Plakaten der Museen herunter.

Hier: wird einem alles bewusst, was sich angestaut hat in den Biographien. Das Herz ist unsichtbar geworden mit den Jahren und das Verschwinden hat so wehgetan, dass ich manchmal vergessen habe, dass es anders sein muss. Man weiß, dass man sich liebt, wenn man einander nicht mehr traurig machen will und man weiß, dass man sich liebt, wenn man einander immer noch traurig machen möchte, um zu fühlen, wie es ist. Ich kann Systeme, die untergehen, nicht aufgeben. Ich bin Trägersubstanz. Ich habe einen kleinen Koffer gepackt und bin über Dich hinweggestiegen in ein fremdes Land. Auf den Postkarten nach Hause gibt es nur noch Kugelschreiberstrichknäuel, die ich an den sinnlosen Sonntagen aufs Papier male in den prunkvollen Zaren-Cafés, in denen man sich trifft. Dort sind dann die Konditoreivitrinen die Fernseher der Armen und die Torten lackiert mit schwarzer Schokolade oder bestickt mit kandierten Aprikosen und Streuselzucker.

Meine letzte Nacht verbringe ich mit den Exilkolumbianern im fünfzehnten Stockwerk eines russischen Studentenheimes. Nichts ist mehr Moskau als das. Hier herrschen unzusammenhängende geheime Regeln, die der bricht, der sie erstellt und umgekehrt. Der Irrsinn jubiliert. Hier feiert man hinweg über die Tatsache, dass es nichts zu feiern gibt, und blickt aneinander vorbei, wenn man mit leuchtenden Augen auf Russland, die Frauen und die Gastgeber trinkt. Ich bekämpfe mein liederliches Leben mit hehren Gedanken. Das Studentenheim riecht wie Afrika und die Zahlen im Lift sind den falschen Stockwerken zugeordnet, als wolle man Fremde in die Irre führen. Die illegalen Bewohner bestreichen ihre Passbilder sorgfältig mit Haargel, um sie auf die gefälschten Ausweise zu kleistern, weil man sich keinen Klebstoff leisten kann. Neben Hammer und Sichel hängen auf den alten Sowjetkühlschränken Terminator-Sticker. Alle Geräusche auf den Fluren ziehen eine nervöse Alarmiertheit nach sich. In den Türen passen alle Schlüssel und man ist nie davor gefeit, in seinem Bett Männer anzutreffen, die man noch nie gesehen hat. Zum Abschied saufe ich über den Lichtern der Stadt mit dem Neffen von Pablo, dessen Mafiaclan ihn nach Russland schickte, damit er Wirtschaft studiere. Dicke Kolumbianerinnen heben ihre Hüften durch die Nacht und mollige Mädchen aus Weißrussland tanzen mit dem Bauch, als wollten sie Geister beschwören. Fünf Chinesen kichern im Licht und die Palästinenser haben eine Mathematikprüfung bestanden und würden sich halb tot saufen, wenn sie nur trinken dürften. Der Wodka fließt, als wäre man sich sicher, dass es kein Morgen gäbe. Die Nacht liegt schlotig und grau über der Vorstadt. Auf den Balkonen blasen die Mädchen den gegen die Feuerlöscher gelehnten Männern die Schwänze wund und die brennenden Zigaretten fliegen von oben herab an den Scheiben vorbei wie die Müllsäcke, die die Bewohner der oberen Stockwerke aus den Fenstern werfen. Ich feiere mich gebührend heraus aus der Stadt und Moskau wird so dunkel über den unwahrscheinlichen Begebenheiten, dass es die Erinnerungen schwärzt.

Hier habe ich also gelernt, dass größenwahnsinnige Ideen ein schönes Hobby oder ein gutes Leben sind. Die Gedanken und die Gemüter wachsen und schrumpfen, wie es ihnen gefällt, und die Welt zieht mit, wenn sie es nur vermag. Man baut sich eine Lebensgeschichte zusammen und hält all das für möglich, was einem ansonsten als nicht machbar erscheint. Es gibt Sommerregen, Fassaden und fadenscheinigen Alltag, den man mit wahnwitzigen Wünschen aufbricht. Die Stadt ist eine Dirne, die mir zu Befehl ist, und eine Nutte aus Kopfsteinpflaster, die die Wolken an den goldenen Zwiebeltürmen zerplatzen lässt, als wären es falsche Träume.

Hier: sind es also die Nächte, in denen man so viele kleine Tode sterben kann, wenn man sich nur darum bemüht. Die Kompromisse bleiben aus und die Zukunft setzt ein. Ich habe eine Lust bekommen, die schwer zu erfüllen sein wird an allen anderen Orten. Die Stadt sitzt mir im Gedärm, als wolle sie an mir die Lebensgier nähren und mich mit ihren Lichtern betreiben. Ich will nie wieder an einen Ort, an dem man nicht lebt. Ich will nie wieder an einen Ort, an dem man sterben muss, Liebster.

ASIEN

VIETNAM • THAILAND • MALAYSIA

Wehmütig grüßt der, der ich bin, den, der ich sein möchte.

(Søren Kierkegaard)

Kuala Lumpur, Malaysia, 04.12.2010

Liebster.

Vietnam

Liebster, der Wind hat mich erst nach Hanoi und später nach Saigon getragen, als trüge ich selbst rote Schuhe und käme hierher auf der Suche nach Zauberei. Asien liegt vor mir und Vietnam ist der Ausgangspunkt, von dem aus ich nach Süden reisen werde bis nach Malaysia. Auf den Straßen hier füllen die abgeschnittenen schwarzen Haare der Vietnamesen die Schlaglöcher und Pflastersteinritzen der Wege und wehen den Spaziergängern entgegen in der quecksilbrigen

Luft. Die Frisöre hängen die Scheren und Kämme auf Fahrradstangen oder die Zaunspitzen der Herrschaftsanwesen und spielen Schach über die Gehsteigkanten hinweg. Im Park sitzen die kleinen Mädchen auf steinernen Weltkugeln und lachen jeden an, der langsam genug vorübergeht. Auf den Straßen ratschen die Abermillionen *Rikschas* metallische Symphonien mit ihren Speichen. In den Tempeln der Literatur sind die Namen aller Absolventen, die je mit gesenkten Köpfen in den Gärten lernten, in riesenhafte Tafeln gemeißelt, die von steinernen Schildkröten getragen werden, als wären sie eine tonnenschwere Last. In den Lichtboulevards der Zentren toben die Farben. Über den vietnamesischen Tagen vergisst man die Nächte. Ich habe: Drachen im Kopf und Ferne unter den Füßen.

Der scharfe Ingwertee brennt mir in den Eingeweiden und die Bilder und Träume, die am Abend zurückbleiben nach den angefüllten Tagen, sind die narrativen Blaupausen des Landes. In der Drachenbucht Ha Long gibt es Drachenfrüchte und Drachen und alle sind sie rosa und phantastisch. Hier lebt man in Hängematten und bekommt Kaugummi als Wechselgeld, wenn man mit zu großen Scheinen bezahlt. Am Hafen verkaufen die Händler grüne Jade unter der Hand und versteinerte Korallen und die Fischerinnen rote Seesterne. Der Stein der Tropfsteinhöhlen ist wie ausgewrungen zu Zöpfen und Tränen, als gehöre er zu einer traurigen Frau. Die Steine wachsen einander zu und erreichen einander nie. Vor vielen Jahren ist es uns ähnlich ergangen und wir lasen dieselben Bücher, um gemeinsame Gedanken zu haben und einander näherzukommen.

Hoi An ist der hübscheste Ort der Welt und der Rote Fluss so rot wie die Lippen der Krankenschwestern, die einst im Krieg auf die Soldaten warteten. Das uralte Städtchen leuchtet ohne Elektrizität, bloß im Schein von Abermillionen Laternen, die mit bunten Gesichtern in den Fenstern stehen, als wären sie Großmütter. Ich habe so viele Lampions gekauft, wie ich tragen kann, Liebster, um sie daheim irgendwann auf den Balkon meiner Träume zu hängen. Die Schwalben fliegen als schreiende Stürme durch die Luft und verdunkeln apokalyptisch den Himmel. Hier herrscht ein altmodischer Zauber, der die Menschen lächelnd durch das Örtchen dirigiert. Dann duftet es nach Zitronengras auf den zierlichen Brücken und die Affen nehmen den achtlosen Besuchern die Bananen aus den Händen mit ausgesuchter Höflichkeit und feinem Benehmen. Die Bäume am Fluss werfen die Schatten von Riesen und ihre Wurzeln sind Nester aus Liebenden, die, einander umschlungen, zusammengewachsen sind. Man glaubt an Märchen und Hexerei und an alle Paradiese, deren Existenz die schlimmen Umstände der Welt pausenlos zu widerlegen versucht.

Ich stehe vor einem Bombenkrater, in den nach dem Krieg einst zehn hungrige Elefanten gefallen sind, die ihre Retter in Raserei und mit traurigen Äuglein zerdrückten und töteten, als man sie hinausließ.

Heute wuchert der Bambus aus den Erdtrichtern und die Geschichten der Kämpfe sind Legenden aus *Agent Orange* und Grausamkeit und den verwachsenen Gliedmaßen der Kinder. Die Giftopfer wohnen in ihren Leibern, als wären es Labyrinthe mit tausend blinden Enden, verkleidet mit Haut, und die elende Nostalgie einer ganzen traumatisierten Generation. Auf den historischen Schießplätzen türmen sich die leeren Ölfässer und die Touristen schießen gegen ein paar Dollar mit alten *Bazukas* auf den Horizont. Ich habe das Fernweh verloren. Es ist längst ein Weltschmerz geworden, der so nahe geht, dass er einem nicht nur die Augen, aber auch den Brustkorb öffnet, als führe er eine Obduktion durch. Abends denke ich an Dich und wenn ich aufhöre, an Dich zu denken, machst Du den Mond aus, als wäre er ein Lichtschalter am Himmel. Ich träume viel. Ich träume von dem einen und dem anderen Schicksal und Wannen voller Schlangen in den schlechten Nächten. Früher haben wir unsere Körper zusammengesetzt und heute verkupple ich unsere Gedanken in meinen Briefen. Wenn es Morgen wird und ich endlich eingeschlafen bin, kristallisiert in der Sonne das Meersalz auf den Schwänzen der Affen, wenn sie auf den Dächern der Strandhütten trocknen. Ich lebe ein Leben, von dem ich nie zu träumen gewagt hätte, oder gerade: weil ich damals so viel geträumt habe von diesem Leben. Die Vergangenheit wird wie stets nie wieder kleiner, aber sie verblasst manchmal unter den Schritten. Man ist alt genug für jeden einzelnen Fehler, den man gemacht hat und auch für alles, was einem zugestoßen ist mit den Jahren. Untertags denke ich mir Fragen aus und über den Antworten bricht die Nacht herein. Am Abend geht hier nicht die Sonne, aber das Meer unter und die Wolken sind weiße Elefanten, die hoch in die Lüfte springen. Man ist bis auf die Zähne bewaffnet mit sinnlichen Formen und Haar, in dem das Meer rauscht, und der Wind und die Gedanken überlappen sich und collagieren die Wirklichkeit, als könnte man es ungestraft immer und immer wieder nicht so genau nehmen.

Der, der es genau nimmt, weiß, dass Schrecken und Idylle nah beieinander lagern und man es nicht vergessen darf. Nie kann ich es fassen, wie wenig Distanz zwischen dem einen und dem anderen liegt. Vor den lieblichen Inseln Vietnams spannt sich erst der Ozean einem Seidentuch gleich und später auch der Blick über die Grenzen nach Kambodscha. Die Urlauber streicheln magere Affen in Käfigen neben einem Land, in dem man einst angewiesen wurde, gegenüber seinen Nachbarn stets zu schweigen, und es verboten war, während der Elektroschocks zu schreien in der Nacht. Dann ahnt man in der Ferne die Schulen, in denen aufgeblähte Leichen auf Eisenbetten gestapelt waren und die Gräber so flach, dass die Tiere die Toten aus der Erde fraßen.

Es ist heiß und feucht und ein ungesundes Klima, das verrückt macht. Die Vietnamesen schauen mit chronisch bedeutungsschwangeren Blicken in die Dunkelheit und ich trinke tagein, tagaus aus hellen Kokosnüssen. An den festlichen Tanzabenden tanzt man mit tausenden Beinen und erwacht morgens mit einem Geschlecht, geschwollen und blau von der Nacht. Die Dunkelheit kommt hier in Schüben und die Nächte sind gastfreundlich, auch: wenn man ein schlechter Gast ist. Die Welt schwimmt und verschwimmt. Alles ist Wasser und die Menschen im Süden lächeln unentwegt. Nichts ist beständig. Die Städte sind Pfahlbauten und die schwimmenden Märkte treiben die Flüsse hinunter, bis die Handelsboote wieder auseinanderfahren und die Orte sich auflösen. Aus den heißen Hirnen schlüpfen die Ideen wie Fliegen und über den trüben Wassern des Mekong-Deltas schwirren die Moskitos an den feuchten Tagen. Die geheimniskrämerischen Verwirrungen und die enigmatischen Schatten der großen Flüsse verstören die Gedanken. Auf den Fruchtinseln erschreckt man sich vor den tierischen Formen des granatroten Obstes und die mutigsten Kinder sammeln heimlich die verlorenen Häute auf den Schlangenfarmen und fertigen Armbänder daraus. Hier sind tote Kobras als stumme Schreckgespenster in die Whiskyflaschen der Bars eingelegt und in der Stadt stolpert man über Schlachtabfall und die Dunkelheit. Es ist wahnsinnig und paradiesisch zwischen den schmutzigen Straßen und den wunderlich kleinen Tempeln. In den abgebrochenen Räucherlandschaften der Altäre umsteht Rauch wie Nebel die Götter und fährt den ruckartig betenden Menschen in die eingefrorenen Augen. Die Frauen huschen auf Rollern in bunten Ganzkörperanzügen durch die Stadt und verbergen sich unter pastellfarbenen Hüten und Atemschutzmasken, wenn man ihnen zulächelt. Die Teigtaschen treiben in großen Bottichen auf der Straße und in den Vogelkäfigen reißen die Kanarienvögel ihre Schnäbel auf, als zersängen sie die Welt.

In Ho Chi Minh sind die schwarzen Stromkabel an den Fassaden hängende Gärten aus Elektrizität und wachsen aus den Häusern, als wären sie stromlinienförmige Pflanzen, die sich im Wind wiegen oder die schmalen Fensterkreuze würgen, bis diese unter dem Druck zerbröseln. Heute bin ich im Zirkus gewesen, einem schmutzigen Zelt, gespannt über Einrad fahrenden Clowns und Papageien, die die Pailletten der Akrobatinnen von den hautengen Trikots gepickt haben. In den Zirkussen gibt es Schlangenmenschen und Schlangen und nach den Vorstellungen fährt man jubelnd auf den Motorrädern durch die dunklen Gassen von Saigon. Dann turnt der Mond waghalsig am Himmel und tut es denn Artisten gleich.

Thailand

Süßer, die Länder mehren sich hinter meinem Rücken und die Pässe ächzen unter den Tintenstempeln der Einreisebehörden. Ich schreibe Dir immer noch und die Gesänge der Moscheen vermischen sich mit den Träumen. Man schreibt, um einander näher zu kommen. Man deutet die Welt in Buchstaben um, damit die eigene Welt eine Welt wird, die bewohnbar ist für jene, die man liebt. Man wird alt auf Reisen und packt sein altes Inneres gedankenvoll in die

Briefbögen, als balsamiere man seine Gedanken und schicke sie in eine Heimat, in der sie wie heimgekehrte Tote empfangen werden. In den *Big Cock Shows* in Bangkok leuchten die athletischen Leiber im Schwarzlicht und die Thais umklammern spöttisch ihre Glieder und stehen nackt, nur in Schuhen, auf den Bühnen wie ertappte Kinder. Die Schwalben ziehen Kreise über den Gassen von Chinatown und Tag für Tag fädeln die Frauen morgens mit winzig kleinen Nähnadeln Abermillionen Blüten zu Ketten auf. Deliriöses Chaos herrscht in den Straßen. An den Flußkanälen breiten zwielichtige Gestalten Handtaschen und deren Inhalt auf schmutzigen Tüchern zum Verkauf aus. Bei den Fischmassagen der Einkaufscenter fressen die Fische den feisten Urlaubern die Hautschuppen von den Füßen. Die Stadt ist eine Aufwallung von Mustern und verspiegeltem Beton, von gefälschten Markenwaren und rissigen Wolkenkratzern. Ich mag die Kippbilder, die die Stadt ohne Unterlass reproduziert, als wäre sie ein Spiegelkabinett der Sinnhaftigkeiten. Die Märkte hingegen sind Kultur- und Epizentren des Menschlichen und Unmenschlichen. Hier sind die Kröten paarweise mit den Rücken aneinandergebunden mit buntem Bast, der so ins Fleisch schneidet, dass Blut und Schleimblasen aus den Bäuchen der zappelnden Tiere laufen. Die getrockneten Shrimps knistern im Wind und die Lychees brechen aus ihren Schalen wie Vulven. Kadaver runzeln in der Sonne und ein Kind badet in einem Eimer mit zerbrochenem Geschirr neben den Fleischabfällen. Abends dann werden die vom Tage übergeblieben Augen und Schwänze des toten Viehs in den

Gehsteigkanten zusammengekehrt und in Säcken die dunklen Gassen hinuntergetragen.

Ich habe mir einen bodenlangen, schwarzen Trenchcoat maßschneidern lassen, mit einem Gürtel und glänzendem Innenfutter, der aussieht, als trüge man bloß Spitzenunterwäsche darunter. Es ist merkwürdig: ich war noch nie so frei wie im Augenblick, ohne die Dramen der Vergangenheit und die Wirrnisse der Gegenwart. Aus meinem alten Leben ist kaum etwas geblieben und das neue kann noch alles sein. Vor meinem Fenster sitzt die Katze der Erleuchtung unter Buddhas Baum und zwischen all dem Buddhismus lebe ich neben den großen Klängen einer muslimischen Gebetsschule und dem Schweigen des chinesischen Friedhofes. Wenn es geregnet hat, tragen die hinduistischen Großfamilien sonntags ihre kleinen Söhne in sorgfältig gebügelten Anzügen über die Wasserlachen unter meinem Zimmer. Die Gesänge der Moschee liegen als Klangwolken in der feuchten Luft und steigen der Skyline entgegen, als wären es Luftballons. Es gibt so viele Orte auf der Welt, die schön sind und traurig machen. Die Bäume haben Bärte aus Lianen und an den *Pagoden* steigen Drachen aus der Wand. An den Mauern des Friedhofs schichten sich Skyscraper in den Himmel. Die Hunde jaulen beim Spielen auf den Gräbern und treiben es miteinander inmitten der umgefallenen Grabsteine mit den chinesischen Schriftzeichen. Die Gräber sind ein durcheinandergeratenes Raster, ein verwüstetes Spielbrett der Stadt, und die Gedenktafeln der Toten sind aus den Reihen getanzt und im Tanz zerbrochen. Die Hunde jagen durchs Gras und ziehen hinter den Denkmälern ihre kahlköpfigen Jungen groß. Die Wege des Friedhofes sind Laufstrecken und tragen Hundertmetermarken, aufgemalt am Boden zwischen den Totenhügeln, und die Kinder spielen Federball über die schwitzenden Läufer hinweg. Inmitten der Gräber stehen rostige Fitnessgeräte, grün vom Regen, und die alten Damen drücken Gewichte in die Höhe, bis sie müde genug sind, um heimzugehen.

Irgendwann muss ich aus Thailand fliehen, den Geräuschen und dem Tappen der Touristensandalen entkommen, um unbemannteres Land zu sehen. Der Schweiß der Glaskugelreisenden und drogenaffinen Backpacker, die rote Haut der Sextouristen und die stets der nächsten Party hinterherreisenden Hippie-Aussteiger ekeln mich so sehr, dass ich nachts spontan auf einem Fruchtfrachter flüchte. Achtundzwanzig Stunden sind es nach Malaysia: ein Land, von dem ich nichts weiß.

Malaysia

Man wird nicht müde, einander zu vermissen, auch wenn es erschöpft. Jetzt bin ich hier, in diesem Land, von dem ich nicht länger nichts weiß, aber vieles erfahre. Ein unbestimmtes Heimweh hat mich befallen, wie andere eine Sorge befällt. Die Moscheen des Ostens verströmen Moschus im ersten Sonnenschein und die Frauen riechen überall anders. Die Palmen stecken wie Nadeln im Land, die Äffchen stürmen in Heerscharen über die Brückengeländer und die altrosa Rosenäpfel schmecken, wie das Parfum meiner Großmutter duftet. Ich liebe die herrschenden Paradigmen der Gesellschaft, denn nach einhelliger Meinung der Welt hier: soll eine Dame einen Affen haben, wenn eine Dame einen Affen haben will. In den Auslagen der verfallenen Juweliergeschäfte nisten die Vögel und starren mit Silberblick auf die Straßen heraus. In den verkommenen Villen schläft man auf Matratzen am Boden und die Fische haben die Gesichter von Alten und die zahnlosen Lippen fleischig ans Glas gedrückt, als erzählten sie tausend Geschichten. Ich kaufe eine antike malaiische Balkenwaage, um die Stunden zu wiegen, und esse das erste *Murtabak* meines Lebens. Ich habe Flohbisse, aber gute Laune und wünsche mir dringend einen Affen, Liebster.

Ich bin Dorothy und die roten Schuhe sind durchgelaufen mit den Monaten. Man läuft sich die Kleidung und die Vorurteile ab von Leib und Seele, bis man nichts mehr verbergen kann. Man sieht mir die Gefühle an, die im Hirn kristallisieren und so vieles wollen. Die Stirn ist glasklar, dass man den Kopf in den Händen bergen muss, damit einem die Unbekannten nicht in den Schädel starren und die Bilder hinter den Augenhöhlen zurückbleiben.

In Kuala Lumpur sind die Ratten fetter als die Katzen und die Katzen fürchten sich vor den Nagetieren und sind so schmal wie die Gehsteigkanten, auf denen sie scharenweise davonlaufen. Die Gerüche und die Abgase, all die abgestorbene Materie einer bebenden Millionenstadt ordnet sich zu einem disharmonischen Aroma, das einem die Luft zum Atmen nimmt. Die Tempel haben VIP-Räume zum Beten und betreiben Cafeterien hinter den Heiligenstatuen. In den Gewinden der Straßenbeleuchtung knackt es elektrisch und in den verspiegelten Wolkenkratzern sieht man die Wolken im vierzigsten Stock vorüberziehen. Neben den Indoorpools der Restaurants in den Petronas Towers trinken die reichen Geschäftsmänner oxyblaue Cocktails und feiern das Ende der Welt. Nach den Unwettern und Stürmen lachen die Regenbögen breit über der dürftig reingewaschenen Stadt und brechen sich in den Schutzamuletten der Menschen. An den Straßenecken kauft man abgekaute Strohhalme und Fruchtsäfte in alten Plastiksäcken und bindet sie sich ums Handgelenk beim Flanieren. Ich investiere meine allerletzten *Ringgit* in Mitbringsel und füttere die Briefkästen so sorgfältig mit meinen Briefen an Dich, als wären es Frühgeburten, die wachsen müssten an meinen großen Gefühlen.

Bangkok, Thailand

Georgetown Butterworth, Malaysia

Georgetown Butterworth, Malaysia

Hoi An, Vietnam

Hoi An, Vietnam

Ha Long, Vietnam

Ho Chi Minh City, Vietnam

Ha Non Trung, Vietnam

Phú Quốc, Vietnam

Hanoi, Vietnam

Dhaka, Bangladesch

Dhaka, Bangladesch

Dhaka, Bangladesch

Dhaka, Bangladesch

Dhaka, Bangladesch

Dubai, Vereinigte Emirate

Dhaka, Bangladesch

Dhaka, Bangladesch

Dhaka, Bangladesch

Dhaka, Bangladesch

Dhaka, Bangladesch

Dhaka, Bangladesch

Srimangal, Bangladesch

Dhaka, Bangladesch

Mangily, Madagaskar

Fianarantsoa, Madagaskar

Mahabako, Madagaskar

Ifaty, Madagaskar

Isalo, Madagaskar

Tulear, Madagaskar

Mangily, Madagaskar

Sakaraha, Madagaskar

Tulear, Madagaskar

Tulear, Madagaskar

Tulear, Madagaskar

Ranohira, Madagaskar

Ambalavao, Madagaskar

Ranohira, Madagaskar

Baracoa, Kuba

Cayo Jutias, Kuba

Gibara, Kuba

Santiago de Cuba, Kuba

Trinidad, Kuba

Baracoa, Kuba

Trogir, Kroatien

Susak, Kroatien

Susak, Kroatien

I TOLD YOU: WHEN
I CAME
I WAS A

BANGLADESCH

And there is one Mark you cannot beat: The Mark Inside.

(William S. Burroughs, *Naked Lunch*)

Dhaka, Bangladesch, 10.05.2011

Ach Du.

Es gibt so viele Orte auf der Welt und es scheint unmöglich, sich nicht an sie zu gewöhnen. Früher bin ich gereist ohne Gepäck und nur mit meinen Gedanken, und heute reise ich ohne Gepäck und ohne meine Gedanken, aber mit Lippen kalt wie Stein.

Bevor ich ins Bengalenland komme, verbringe ich einen Stoppover-Tag in Dubai und besuche einen arabischen Immobilienhändler, den ich in irgendwo in den dunklen Nächten Moskaus traf. Derjenige, der niemals stillsteht, begegnet auf der Welt all jenen wieder, die es ihm gleichtun, als wären es Nachbarn. Dubai ist ein leerer, stählerner Riese, in dem sich winzig kleine Menschen mit ihrem Größenwahn verstecken, eine Stadt, die man aus der Wüste herausgezerrt hat und deren verspiegelte Wolkenkratzerschluchten ausgestorben sind. Eine gähnende Einsamkeit herrscht in den leeren Häusern, die bis in die Wolken stechen. Hier: gibt es Elefantiasis in den Straßen und Kamele hinter den Dünen. Die Strommasten stehen mit gespreizten Stahlbeinen im Sand und strecken die Arme zum Himmel wie flehende Menschen. Die Scheiche flüstern Arabisch und heben ihre Beine unter den weißen Gewändern nur so hoch vom Boden wie unbedingt nötig, als gingen sie auf Wolken. Die Ghettos und Gefängnisse, die sie später bewohnen, erbauen sich die Gastarbeiter selbst mit persischen Spinnenfingern und gebückten Rücken. Die Gebäude füllen die Stadt, als wären sie tote Körper mit blinden Fenstern und verriegelten Türen. In der Wüste legt man den Toten Datteln unter die Zungen, damit neue Bäume wachsen aus ihren Mündern, und in der Stadt blüht kaum etwas.

Die Hitze brennt den Verstand nieder und die Ventilatoren bringen die Gedanken und die Luft durcheinander. Die Männer mummen sich ein in den Rauch der Wasserpfeifen und die Dämpfe der Tees, als hüllten sie sich in Kutten, aber die Frauen tragen die langen Wimpern der Kamele unter den Tüchern. Der höchste Turm der Welt ist ein Zahnstocher am Horizont. Die Wolken sind Kondensmilch. Im Morgenlicht schaue ich den hundert rauchenden Taxifahrern vor ihrem cremeweißen Fuhrpark zu, aber die Touristen bleiben seit der Wirtschaftskrise aus.

Ich sitze und warte. Ich esse syrisch und *Ladyfingers* in den glühenden Eintöpfen der Köche, die mit schmutzigen Nägeln auf die gefüllten Platten der Glasvitrinen deuten und lachen. Ich sitze und warte, dass die Zeit vergeht auf den Uhren und im Kopf. Es ist die Einsamkeit des Wartens: wenn man nichts erwartet und wenn man nicht erwartet wird. Im Kopf vergehen die Jahre manchmal so langsam, im Kopf wird man uralt mit der ganzen Welt und jeder vergangenen Liebe. Man wartet und man erwartet, aber die Wünsche bleiben die gleichen und *Melancholybaby dies from an overdose of time.*

In den Zirkussen der Vereinigten Emirate zeigen sie Freakshows und menschliche Kanonenkugeln, die so lange durch die Luft fliegen, bis man sie nicht mehr sehen kann. Die Bestien und die Akrobaten toben abwechselnd, als wollten sie das Publikum das Fürchten lehren. Die Bauchtänzerinnen schütteln ihre Bäuche, die einem Ballon gleich den Beinen aufgesetzt sind. Man applaudiert mit schwitzenden Händen und später dann lecken die zahmen Kamele das Salz von der Haut, wenn man sich weit über die Zäune der Gehege beugt. Die Kamele haben traurige Augen und ein kleines Tier birgt seinen Kopf mit den eitrigen Lidecken in meinen Händen und atmet stundenlang in meinen Umhang, Liebster, sodass ich weinen muss. Nachts höre ich arabische Legenden und die Falken der Beduinen setzen sich auf den Armen der Verhüllten zur Ruhe, wenn es spät wird.

Durch die Wüste fährt man mit Wagen, die die Dünen hinaufspuren wie Tiger und herunterschlittern auf der anderen Seite, dass die Fenster unter Sand verschüttet werden. Das Holzbein des Scheiches neben mir rutscht in den Kurven zwischen meine Füße und schlägt an die Tür nach den Beschleunigungen. Ich vergesse das Meer und ertrinke in Sand. Die Wüste: als hätten tausendhändige Liebende Kratzer gezogen in die Hügel mit Abermillionen Fingern. Die Erde ist gebaut und geblasen aus den Taillen der Frauen und den Schemen der Brustkörbe, aus den Kerben der Schlüsselbeine und den Mustern der Schenkel. Alle Landschaften sind uralt und der Boden hat Falten direkt neben der großen Stadt und man fühlt sich, als stünde man im Inneren einer Sanduhr. So schön ist es, dass man schweigt. Ich will: dass Du mich verwüstest und mir Falten machst. Mich mit den Lippen aus Stein: zu Sand reibst und in die Formen der Frauen bläst. Ich will: die sich aufschichtenden Narben des Sandes sein und dann durch Deine Finger fallen.

Ich reise dem Verschwinden hinterher. Ich sammle die Bilder auf, die mir auf den Reisen begegnen und ich ordne sie sorgfältig ein in mein Gedächtnis. Ich reise, um allein zu sein und ich reise, um schließlich mutig genug zu sein, um zurückzukommen. Ich reise, weil ich die Welt liebe, ihre desaströsen Teufeleien und ihre himmlische Sterblichkeit. Es ist wie immer. Man geht und geht und abends im Hotelzimmer kann man nicht schlafen, weil man zu viel gesehen hat. Wer hier in Bangladesch ist, ist weit gegangen, auch wenn er nicht immer weit gekommen ist. Im Grind der ewig feuchten Betten und angesoffenen Kopfpolster schreckt man hoch aus den Träumen von daheim. Es ist so heiß, dass man es vergisst. Auf den Straßen winden sich die beinlosen Bettler und sie sind der Phantomscherz der Herzlosen. In der Dunkelheit ist die Luft voll von lauernden Teufeln, Flüchen und Amuletten. Die Falten der Bettdecken sind Dächer aus Stoff über den Köpfen der Menschen, die auf den Straßen schlafen. Eine wütende Armut hasst die Welt und lässt den zornigen Mob die Fahrer der Autounfälle lynchen in der Hitze, egal wer Schuld trägt. Die Totenzüge toben laut schreiend durch die Gassen und rennen mit den eingehüllten Leichen auf den Schultern vorüber an kargen Fußballplätzen und engen Geschäftsvierteln. Ich stehe in den Hauseingängen und warte, bis sich die Wütenden wieder zu einer Masse schließen und zähle die Straßenkinder, deren Hände man wie Ringe um die Finger findet, wenn man an sich hinabschaut.

Ich schaue und das ist alles, was ich tue. In den Hinterhöfen der wenigen Sehenswürdigkeiten waschen die Wächter ihre staubigen Füße und schuppen silbrige Fische nebeneinander in den Plastikwannen. Die weißen Kätzchen sind wie Fischgräten und staksen auf knochigen Beinen in den Schatten der Gebetsecken. Die schwarzen Katzen liegen flach vor den Bretterverschlägen: verhungert und vertrocknet in der Sonne. Die Männer haben vernarbte Stirnen vom

Beten auf den derben Teppichen, auf denen sie knien und die Köpfe niederwerfen vor Allah.

Die Ventilatoren der Zimmer sind wieder dunkle Vögel mit großen Schwingen. Ich trinke roten Tee mit Ingwer und die Männer starren mit zitternden Blicken unter meine Kopftücher und erschrecken, wenn sie tatsächlich in meine Augen sehen. Im Hotel muss man ankreuzen, welche Hautfarbe man trägt und wählt zwischen *Dark, White* und *Medium*. Man zweifelt und man verzweifelt, aber die Wünsche bleiben die gleichen. Hier: ist es schwer, sich als Mensch zu begegnen, weil die Sorten des Schicksals so undurchschaubar sind. Ich bin mir nicht sicher, mit welchen Augen man den Armen in die beschwörenden Mienen sehen kann. Die Gesichtszüge sind zerfressen und verschwunden und die vertrauten Linien des Menschen scheinen irgendwo verloren gegangen in den Müllbergen. Hier: ich vergesse in den erodierten Gesichtern die Gemeinsamkeiten, die alle verbinden, und die Bettelnden vergessen über der wütenden Gier, dass man nicht nur ein Dollarzeichen ist. Letzten Endes ist dann jeder vom anderen gekränkt und enttäuscht von sich selbst. Abends klammert man sich dann an die Bücher, die man mitgebracht hat, und stellt nachts die Scham des Scheiterns zu den Bildern des Tages.

Ich schreibe Dir von meinen Orten. Ich sitze in einem winzigen Hotelzimmer in Mirpur und die Flecken der Wände sind

Höhlenmalereien. Es gibt keine Fenster und aus den Wasserhähnen tropft sumpfiges Wasser. Wenn man an seinem Höschen riecht auf Reisen, riecht man stets die Liebesnächte längst vergangener Zeiten. Die Nächte sind die Zeitreservoire der Tage und wenn es zu lange dunkel ist, mache ich Licht, um nicht an Dich zu denken.

Hier: tut die Welt erst ein bisschen weh und dann unendlich. Das Licht fällt alle zehn Minuten aus und auf den Ständen der nächtlichen Händler brennen die Gaslampen und Kerzen. Es ist eng in jeder Ecke der Stadt und in den Stacheldrähten hängen Müll und Kleiderfetzen, in den Müllbergen findet man Menschen und in den Kleiderfetzen findet man manches Mal tote Embryonen. Jene Ausländer, die es sich leisten können, mieten für ein paar Dollar einen ganzen Linienbus, um nachts nach Hause zu kommen. Es gibt eine Million *Rikschas* und die Fahrer strampeln und schieben ihre stierenden Kunden mit schwitzenden Leibern und um den Bauch zusammengebundenen Tüchern wie Tiere unter Peitschen. Die Welt macht mir mehr Sorgen als sonst. Ich suche meine Sehnsucht in den Augen der anderen und finde nur fremde Wünsche. Ich denke an den Sand der Wüsten und die Wüsten der Körper nach den hautnahen Liebesnächten und kann es nicht unterscheiden. Ich habe gelernt, dass man von diesen Tagen nicht loskommt, weil man an ihnen seine Haut getragen hat.

Die Bedrängnis der Großstadt schwindet erst mit der Erleichterung des Landes. In den regenverhangenen Teegärten Srimangals fährt man mit chinesischen Klapprädern durch die Gegend und die Teepflücker wiegen sich unter den Körben auf ihren Köpfen im Wind. Wenn sie lachen, fallen die Teeblätter von ihren Häuptern und regnen zu Boden, als wäre es Herbst. Man kann erst verstehen, wie man hier lebt, wenn die Sonne untergeht und die Nächte beweisen, dass es die Tage gibt. Erst im Sonnenuntergang wird das Land ein Land. Dann staunt man aus den Fenstern hinaus über die Bilder und betastet die rissigen Hennabemalungen der Haut wie lieb gewonnene Wunden. Die alten Frauen tragen hier die schwarzweißen Spinnen, die von den Bäumen fallen, wie Schmuckstücke auf der Stirn zwischen den Augen. In den Teehütten wird der *Sieben-Farben-Tee* hinter verschlossenen Türen gebraut und in sieben Schichten in heiße Gläser gefüllt, ohne vor den staunenden Augen der Teetrinker zu verrinnen. Man grüßt die Barbiere und die Männer schlafen mit zitternden Lidern in der Mittagshitze unter dem Kratzen der Rasiermesser auf den Gesichtern voll Schaum: leise und mit erhobener Hand.

Ich weiß nicht, ob Du es Dir vorstellen kannst, aber die Teegärten werden innere Landschaften. Die äußeren Landschaften werden innere Landschaften und irgendwann Gefühle, sodass man sich Jahre später fühlt wie ein Ort, an dem man einmal war. Ich schreibe Briefe, die nicht anders werden, obwohl sich nichts so sehr gewandelt hat wie in den letzten Jahren und den tausenden Kilometern Erde. Die Briefe sind für niemanden weniger bestimmt als für die Adressaten und die Briefe sind für niemanden mehr bestimmt als für den Absender, der sie vielleicht nicht abschickt.

Es regnet nie. Auf den Fahrten von *Hier* nach *Dort* denke ich so viele Gedanken, wie ich denken kann, ohne verrückt zu werden neben den Fensterscheiben. Hinter den Gittern der Busse habe ich Todesangst. Die Kühe stürmen über die Straßen mit riesigen Flatterohren wie Nonnenflügel und die Wäscherinnen beugen die Rücken an den Wegrändern. Auf den Hochzeitsumzügen sitzen die unglücklichen Bräute unter Blumenketten und mit Schweigen auf den Lippen, aber die Männer lachen mit von Betelnüssen rot gefärbten Zähnen. Die Fliegen sitzen auf meinen Muttermalen und man träumt auf den Straßen. Manchmal ist es zwischen dem *Hier* und *Dort* immer nur die Sehnsucht des einen nach dem anderen, die einen beschäftigt und nicht loslässt. Und das Glück der Hoffnung auf Glück.

Ich reise dem Verschwinden hinterher und ich verschwinde aus der Stadt mit jedem Gedanken an die Zukunft. Über den Gassen liegen die Dünste von Aas und vergorenem Obst und die Wassermelonen sitzen wie fette Weiber in grünen Kleidern an den Straßenrändern. Über den Slums und den tausend Dächern von Dhaka hängen die Regenbögen wie ein Lächeln und verblassen schüchtern in Sonnenschein und Smog. Die Hennabemalungen schuppen sich von der Haut und an den Fingerspitzen zerbrechen die Abdrücke. Ich schaue über die Dächer und das Ende der Dächer der Stadt ist wie ein Strand am Horizont.

And there is one Mark you cannot beat: The Mark Inside. Letztendlich erkennt man einander wieder an den Narben. Wenn man einmal um die Welt gegangen ist, bleibt man in den Spuren stecken, die man hinterlassen hat beim ersten Mal, Baby.

MADAGASKAR

But there's one thing you can't lose
And it's that feel
You can pawn your watch and chain
But not that feel
It always comes and finds you
It will always hear you cry
I cross my wooden leg
And I swear on my glass eye
It will never leave you high and dry
Never leave you loose
It's harder to get rid of than tattoos.

(Tom Waits / Keith Richards, *That Feel*)

Antananarivo, Madagaskar, 25.07.2011

Liebster.

Es ist kalt wie ein Sternenhimmel, Liebster, in dem Land.

Abends auf den Feldern recken sich die Gänse flügelschlagend empor und die Frauen laufen nach Hause mit wehenden Tüchern. Hier: es sind die Strohhütten und Erdfarben, die Weizen- und Ährenfarben, die ledrige Haut der Fußsohlen und die stillgelegten Eisenbahnbrücken, über die man die Ernten ins Dorf trägt. Die Polizisten haben die Gesichter von Kindern, die mehr und mehr vergreisen, je weiter man durch die Hochländer und Trockenwälder ans östliche Meer kommt, tagelang reitend und reisend und reisend und reisend.

Was sagt man über ein Land und seine grundlose Schönheit. Neben den Zahnlücken leuchten die Goldzähne am Morgen und die madagassischen Lieder sind Wehmutschöre und Fiebergesänge, voll von tausend Stimmen und Glockenschlägen. Die Reisterrassen sind Spielfelder und die roten Häuser verstecken sich im Staub der roten Erde. Die Mandarinen duften und hinter den schiefen Türen brennt kärgliches Licht. Mir wächst ein Bauernkindherz mit Strohflügeln in der Landschaft und die Gesäuge der müden Hündinnen schleifen auf den safrangelben Straßen.

Manakara ist ein Ort, den man nur mit einer angejahrten Diesellok erreicht, wenn man viel Zeit hat. Die Uhren gehen hier anders oder gar nicht. Während die Kinder in den Regenwäldern mit tropfenden Lippen dem Zug hinterherlaufen, stecken sie einander das zerrissene Fleisch der heruntergefallenen Früchte in die Münder und winken mir zu. Die Tage kommen über mich, als wären sie ein

Schlaf und ein Zetern. Der Dschungel ist ein uralter Schrei und das Meer ein ewiger Hunger, sagen die Menschen hier. Pathos hat keinen Platz in den Wörtern derer, die am Strand leben, als wäre der ein Zuhause. In den niedergegangenen Kolonialvillen am Strand schwimmen Frösche in den geborstenen Badewannen und aus den Türangeln kriechen die Schlingpflanzen hervor, als griffen die Wurzeln wie Hände in die Freiheit. Die Fliesen und Dächer sind lange schon in die Räume gestürzt und die Steintreppen führen direkt in den Himmel oder den Sand. Vor den Türen stecken die Mädchen einander getrocknete Schmetterlinge ins Haar und schaben sich mit winzig kleinen Rasierklingen den Dreck von den Fußnägeln. Man hat den Mund voll Französisch und die Wege sind gesäumt von artigen schwarzen Kindern, die mit gezogenen Mützen und blütenweißen Zähnen grüßen: *Bonjour Madame*. Es ist zweifelsohne das Ende der Welt. Man denkt unweigerlich an Damen mit Spitzensonnenschirmen aus längst vergangenen Zeiten und das schwerfällige Lachen der Kolonialherren unter der Hitze. Man träumt tausend Dinge und die Vögel schreien aus der Nacht direkt in den Morgen hinein. Mein Französisch ist unter aller Sau und reicht bloß, um zu fragen, ob jemand mit mir schlafen möchte, und anzumerken, dass ich ein Briefträger bin. Ich bin froh, dass Du keine andere Sprache sprichst, die ich nicht spreche: wie fremd wären wir einander dann erst immer gewesen. In den Nächten fürchte ich, verrückt zu werden wie ein Kind, weil ich nichts sehen kann und die Dunkelheit ein All ist.

Im Kopf trage ich eine Pandorabüchse voller Gedanken. Ich vermisse den Geruch der frischen Marillen in den Fluren bei meiner Geschichten erzählenden Großmutter und esse hahnenkammrote Erdnüsse aus hauchdünnen Schalen. Wenn ich in den Sternenhimmel schaue, kann ich mich an die große Liebe erinnern.

An den schmalen Streifen der Uferfriedhöfe brechen sich die Wellen der Flüsse auf der einen und jene des Meeres auf der anderen Seite. Die Wände der Häuser sind zusammengestürzt und in den verfallenen Totenhäuschen klemmen die Särge noch zwischen den Gesteinshaufen und den Mimosen im Sonnenschein. Die Gewächse erschrecken unter den Fingerspitzen und ziehen ihre Blätter zurück wie traurige Hände nach einem unerwiderten Handschlag. Die Nächte sind dunkel und wenn es kalt wird, weht der Wind im Schädel zwischen den Knochen. Der Wind der frühen Morgenstunden trägt das Rauschen des Meeres hinein in die Bäume. Der Wind macht traurig und man denkt an Fischerdorfgeschichten und das Glück der kleinen Hütten, wenn man aufs Meer sieht und nicht aufhören kann damit. Es gibt Fisch, Rum und Zitronen, Vanille, Safran und Pfeffer, Pfeffer, Pfeffer! Die Krusten der Fleischwunden und die Verkrustungen am schlagenden Herz fallen ab wie Sand im Meer, wenn man am Strand lebt. Mit den Jahren ist das Reisen eine regelmäßig verordnete Fremdheit geworden, um die Unterschiede zwischen dem *Nah* und *Fern* zu verstehen. Ich beobachte mich haargenau und kann weder Altes noch Neues an mir finden. Die Tage stieben auseinander, wenn man an sie zurückdenkt. Ich denke und werde nie fertig damit. Man glaubt einander die Wünsche nicht mehr. Man entdeckt neue Schuld in den alten Vorwürfen und eine einprägsame Angst, wenn man sich an das Glück der Vergangenheit genauso ungern erinnert wie an das Unglück. In den Träumen ist alles anders als in der Wirklichkeit und morgens steigt das Land aus den Schalen der Nacht, als stiege es aus Kleidern.

In Tulear schreien die Hähne hysterisch, bis ihre Stimmen leiern, wenn es hell wird. Die Fische braten in rostigen Töpfen und die Säuglinge auf den Rücken der Mütter haben glasige Äuglein in der siedenden Sonne. Die Katzen sitzen in Demutsposen und kauern sich unter ihre eigenen Rippenbögen. Die Häuser sind Hütten, aber ihre Bewohner gehen mit dem aufrechten Gang der Paläste die Wege hinab und die Frauen tragen mit Honig gefüllte Weinflaschen auf den Köpfen.

Die Welt läuft verkehrt. Hier: stehen die Bäume flaschengrün im Meer, aber die Schiffe auf den aufgetrockneten Sandfeldern mit demütig zu Boden geneigten Masten. In den Wasserwäldern der Mangroven ist die See eine blitzblaue Wiese. Die kindshohen Kraniche pfeifen in ihren Ästen. Im Hafen fahren die Zebukarren unter den Beschwörungen der Lenker durch die Ebbe und die Himmel sind zu groß für kleine Augen. Auf den Märkten sind die Fleischstücke wabernde Bienenwaben aus Fliegen, die aufschwirren, wenn das Fleisch gekauft wird. Das Fett schmilzt in der Hitze. Hinter dem Duft der Gewürzkörbe sitzen die Vanilleprinzessinnen und schlagen die Wimpern träumerisch auf und zu über den klebrigen Schoten. Ich kaufe Rosenpulver und gehe mit den Taschen voller Vanille zwischen den vergrabenen Schiffen spazieren, immer dem Meer entgegen.

Ich träume viel in Madagaskar. Die Träume sind Nachtgewächse mit bitterbösen Bildern und gierigen Weibern, die mir die Bäuche aufschneiden und Blumen pflücken in meinem Gedärm. Die Natur wuchert in meinem Kopf und man erwacht mit wilden, pelzigen Zähnen und einer Zunge aus Moos. Die Dürre trocknet die Häute zu Wüsten auf dem Körper, aber das Meer und das Herz sind mondsüchtig und werden groß und klein mit Tag und Nacht. Die alten Baobabs tragen holzige Häute wie geraffte Röcke und Volants aus Rinde. Ich sitze in den Falten der Traumbäume und die Äste sind Arme, in denen man liegen kann unterm Himmel im Dornenwald. Die Gummibäume wachsen in den Gedanken und abends kämmt man einander die Ameisen aus dem Haar. Ich trinke Wasser und schaue aufs Meer, bis ich es nicht mehr ertragen kann. Um das Meer jeden Tag zu ertragen, braucht man eine eiserne Persönlichkeit oder tausend Kindheitserinnerungen davon, sagen die Menschen.

Sakaraha. Wenn die Welt so groß wird, verzeiht man so leicht die Kleinmütigkeiten. Am Morgen ist die Kälte des Waldes eine andere als jene der Wiesen. Die weißen Lemuren haben schwarze Gesichter und liegen mit geschlossenen Augen in den Astgabeln der Balsa im Sonnenschein. Die Urwaldbäume umschlingen sich und erwürgen einander mit ihren Stämmen. Die Formen des Waldes winden sich in die Schädel und hinter den Chamäleons werden die Welten Suchbilder mit davonlaufenden Farben. Ich sehe eine große Schlange und habe so große Angst, dass ich ruhig bleibe und mich später kaum daran erinnern kann. Ich erwache Tag für Tag zu den Klängen der eisernen Schmiedehämmer und in den Morgendämmerungen singen die Mädchen auf den Straßen und in meine Träume hinein. Nachts hat der Himmel Sommersprossen aus Sternen über dem Leiern der Eulen und ich denke: *Ich,* und: *Du große Welt!* und: kann das *Ich* nicht glauben.

Es ist nicht leicht, von einem Ort an den anderen zu gelangen. Man sitzt hunderte Stunden in kleinen *Pouss-Pouss*, größeren *Brousse,* riesigen LKWs, Zebukarren, Überlandbussen und hin und wieder auf alten Pferden. Die schreienden Hühner und die ängstlichen Enten, die aufgeregten Hasen sind die Gallionsfiguren der Busse auf ihren Dächern. In den Buschtaxis klingt Nashvillesound und die alten Countrymelodien schaukeln auf den Rädern und zwischen den Reisenden. Man hat endlos viel Zeit zur Verfügung. Auf Reisen: sieht man aus den Fenstern und macht eine Bestandsaufnahme von dem, was sein könnte. Man denkt an die Zukunft, während die Mangobäume blühen. Man vergisst, was passiert ist und was nicht, und an die nicht eingetroffenen Visionen von der Zukunft erinnert man sich zuweilen so real, als hätten sie sich vor langer Zeit tatsächlich ereignet.

In Isalo ist die Welt dann tausend Jahre alt. Die Wörter verfehlen die Dinge und die Dinge sind zu groß für die Bilder, die man von ihnen machen möchte. Wer in den roten Schluchten steht, dem steigen die Wände unaufhörlich in den Augen. Die sich aufschichtenden Felsen neigen ihre Nacktheit über die Menschen. Zwischen den Felsen werden die Geräusche stumm und das Schweigen zu Stein. Abends dann gehen mir die Augen über an den Bildern, die Augäpfel sind aufgeschwemmt und passen kaum unter die Lider. Alles, alles lebt und hat ein Gesicht. Die Grasbüschel sind graue Perücken und Bärte am Stein und man wird zwergenhaft klein auf der großen Welt. Im Treibsand versinken die vertrockneten Schmetterlinge, aber die Augen auf den Flügeln schauen zum Himmel hinauf.

Irgendwann wird man mutig. Du weißt nicht: wie viel Zeit ich mit Dir verbringe in meinen Gedanken. Im Schädel ist Treibsand oder hohes Gras. Es ereignen sich Heimlichkeiten zwischen uns, wenn ich allein mit Dir bin in meinem Kopf in einem fremden Land. Wir kennen uns dann besser als in der Stadt. Ich erfinde uns eine ganze Zukunft und Du kannst nichts dagegen tun.

Hier: gibt es also gottlos dunkle Nächte und göttliche Morgen. Auf den Straßen tönt ewiger Jahrmarkt und das Klimpern des Roulettes, während in den Hinterhöfen die bleichen Knochen der Toten in der Sonne trocknen. An den Enden der heißen Monate feiert man die Ahnen und bettet ihre Gebeine um. Auf den Busbahnhöfen spielen die Männer Billard mit schwarzen und weißen Golfbällen auf umgebauten Tischfußballtischen. Die Frauen verkaufen Gemüse und goldgelbe Kuchen unter den löchrigen Kuppeln der kaputten Regenschirme im Sonnenschein. In den Gesichtern fehlen die Zähne und die Sprache hinter den Zähnen wird eine Gewohnheit mit der Zeit. Der schlechte Atem der gierigen Kinder bettelt um Bonbons und, wenn man keine in den Taschen hat, bekommen sie Fratzengesichter und Greisenaugen und werfen wütend mit Steinen. In Europa verschwinden die Menschen aus der Öffentlichkeit, wenn sie alt werden und hier sitzen sie stets gut sichtbar dort, wo alle sie sehen können. An ihren Positionen kann man ermessen, wie fortgeschritten ein Tag ist, denn die Alten rücken ihre Stühle im Stundentakt langsam von Osten nach Westen und drehen sich mit der Sonne.

Ich drehe mich mit. Ich komme und gehe und bleibe nie. Wie gelingt es den Menschen wohl, aus einem fremden Land mit den gleichen Gesichtern hervorzugehen, die sie mitgebracht haben. Ich dufte jetzt nach Vanille und die Pupillen sind Pfefferkörner geworden, auch wenn man die Sehnsucht, die man mitnahm, wieder hinausträgt. Es gibt sie also, die ewig Reisenden und aus Vorsicht niemals Ankommenden, die reisen, um heimatlos zu werden. Aber Du weißt ja: ich trage die Wurzeln in meinem Kopf, Liebster.

HAVANNA

Well, I argued all night like so many have before,
saying, »Whatever you give me, I seem to need so much more.«
Then she pointed at me where I kneeled on her floor,
she said, »Don't try to use me or slyly refuse me,
just win me or lose me,
it is this that the darkness is for.«

(Leonard Cohen, *Lady Midnight*)

Havanna, Cuba, 01.12.2011

Liebster, Liebster.

Hier: im Herzen der Revolution und in der Revolution der Herzen liegen Parfum und Reggaeton dicht nebeneinander über den großen dreckigen Schöpfungen der Städte. Es gibt die abgeschabten Farben an den Fassaden und ein raues Hahnenschreien zwischen den Streben der schiefen Balkone. Meine Augen und jeder einzelne Bezirk sind von Quadratkilometern trocknender Wäsche verhängt. Die Leintücher wallen über die Gassen und die Laken fallen aus den Fenstern. Die Pullover reichen einander die Hände über die Wäscheleinen hinweg wie friedliche Menschen, aber die Höschen aus Spitze und Löchern steigen in den Himmel: als wären sie Drachen. Zwischen den Strümpfen äugen die Alten hervor auf die Straßen und die kleinen Kinder verschwinden in der Größe der triefenden Stoffe. Man schwindelt steil hinab in die Abgründe der Häuser. Die Papageien schweigen zum Hahnengebrüll. Auf den Dächern schneiden die Nachbarn einander das Haar zu Frisuren und zu Perücken und warten, dass die heruntergefallenen Strähnen davonwehen im ewigen Wind und die Ritzen der zerbrechenden Häuser füllen. Die Stadt duftet und schwitzt aus ihren Ruinen. Es gibt den Geruch von frischem Brot: weich und weiß wie Kinderbacken, und es gibt den Geruch von alten Zeiten: dünn und heiß wie die Knochen in den Hinterhöfen. Ich begegne Gerüchen und weiß nicht, ob sie mit meinen Visionen oder mit meinen Erinnerungen kollidieren. Man begegnet an jedem Ort den gleichen uralten Dingen.

Ich bin mir sicher, Du liebtest die Stadt, und wie gerne säße ich mit Dir zu *Mojitos* in den alten Schaukelstühlen und rauchte Zigarren unterm Mond, bis wir alle untergingen. Es ist bitter, wenn man stets nur man selbst bleibt und es ist bitter, wenn man über die Nacht ein anderer wird. Dann weiß ich nie, was mir unerträglicher ist, der Stillstand oder der Fortschritt, der uns trennt. Der Reiz des Sehens lässt die Augen hier wachsen und man schaut, bis die Bilder in den Augenwinkeln verschwinden und in der Wirklichkeit wieder auftauchen, als wären es die eigenen. Man hat Anspruch auf jedes Fremde. Man sammelt die Bilder, die die Leute verloren haben auf den Straßen und baut sie ein in die Welt, die man für die seine hält. Man schneidert sich aus den Versatzstücken und Fußabrücken der Gassen ein Leben, das man Tag für Tag beobachten kann. In den Schaukelstühlen der kühlen Zimmer sitzen die Menschen die Revolution aus und vergleichen den Wind der Ventilatoren mit dem Wind vor den aufgerissenen Türen.

Havanna ist wild, schmutzig, abgefuckt, voll von dreckiger Musik und unsauber gespielten *Boleros* und den weißen Zähnen des karibischen Lachens. Der Himmel ist eine fröhliche Hungersmelodie über dem Rost der schmiedeeisernen Verandatische und den Säulen der Zuckerministerien in den Regierungsvierteln. Die kreischenden Geigenbögen fiedeln um ihr Leben, als kämpften sie Tag und Nacht so lange gegen die Radios der Bars, bis sie verloren haben. Am Meer marschieren die barbrüstigen Männer mit Kapitänsmützen und Schaumkronen die Autobahnen der Uferstraßen entlang und pfeifen Liebeslieder durch ihre Zahnlücken hindurch. In den Schrunden der Fahrbahnen sitzen klappernde Krebse. Dann birst das Wasser an den Kaimauern und die Möwen singen heiser über den Wellen. Nie ist es still, Liebster. Immer erinnert sich die Stadt an sich selbst. Und die Töne sind Sinusschwingungen, die niemals ausdünnen.

Die Zeit ist stehengeblieben und träge geworden. Ich sehe heimlich auf die Armbanduhren anderer, weil ich meine längst verloren habe. Die Stadt ist ein Museum und es scheint, als hätte man anstelle von Häusern gleich Ruinen zwischen die kolonialen Prachtbauten gebaut. Ich lebe hier das gute Leben, voller köstlicher Sünden, Rum, Schokolade, Tabak, Bücher und schmutziger Gedanken. Die Cadillacs schwimmen Schlachtschiffen gleich durch die Straßen in schwärmerischen Bonbonfarben. In den zuckerlrosa und mintgrünen Wagen tragen die geräumigen Rücksitze der Fünfziger das Muster der uralten Zigarettenbrandlöcher. Die Verwandlungen magern ab, das Werden ist ein so schleichender Prozess, dass man ihn leicht vergisst, und in den guten Nächten schwört man einander unschwörbare Schwüre, verleugnend, dass man es besser weiß. Abends, wenn es dunkel wird, schlage ich das Hirn zu wie ein Buch und habe klebrige Lippen vom Ablecken der Briefmarken.

Auf der Straße spielen die Kinder mit Glasmurmeln und Schachfiguren und veranstalten Puppenspiele mit den streng blickenden Schachkönigen, die ihre Häupter bis zum Boden neigen. *Salsa* und *Merengue* jubilieren hinter den Vorhängen hervor und pochen in den Gemäuern. In der Dämmerung betteln die schmalen Frauen mit den wunden Brüsten um Milchpulver, um ihre weinenden Kinder ernähren zu können. Die Auslagen der Geschäfte gähnen mit leeren und zahnlosen Regalreihen in die Dunkelheit. Jene, die genau hinsehen, können beobachten, wie die Bettler hinter den geheimen Ecken den Hunden ihre Knochen wegfressen, und doch herrscht eine unbestimmte Fröhlichkeit in den Straßen. Die Propagandaplakate predigen zwar den Kommunismus als einzigen Ausweg aus der Wirtschaftskrise, aber die Ikonen *Guevaras* und des *Commandante* verziehen keine Miene. Ich staune Tag für Tag über die Stadt und ihre Herrlichkeit. In den Labyrinthen aus Wäsche und Vogelkäfigen, aus verstimmten Klavieren und ratternden Ventilatoren riecht es nach Wimperntusche und alten Lippenstiften, wenn es Nacht wird. Dann biegen sich die Mädchen über die Terrassengeländer und wünschen sich wundervolle Dinge von den Wimpern, die sie von den Balkonen fallen lassen. Das Wünschen wird hier großgeschrieben, die Menschen wünschen sich so viel, wie ich es mir zur Gewohnheit gemacht habe und andere es als unbescheiden und unschicklich abtun. Hier wirkt die Freude am Hunger auf die schönen Dinge. Die Nacht ist tropischer Karneval, voll von Frauenkörpern und billigen Sahnetorten aus Eischaum, die in den Hauseingängen feilgeboten werden, und auf meinem Heimweg naschen die Großmütter im Licht der Petroleumlampen von den aufgetürmten Zuckerglasuren. Wenn es spät wird, blüht das Parfum auf den Körpern auf wie Blumen und macht die Jungen und die Alten verrückt. Die Männer pfeifen den Frauen hinterher, wenn sie sich weit aus den Fenstern lehnen, und die Mädchen laufen scharenweise wie Katzen in die Dunkelheit davon. Einer Frau nachzupfeifen, ist hier keine Frage der

Attraktivität, aber abwechselnd eine der Höflichkeit und eine der Männlichkeit, die man einander unaufhörlich beweisen muss.

Havanna, Havanna, Havanna, Liebster, ich kann Dir weder sagen, wie sehr ich die Zuckerbarone und Zuckerpaläste liebe, noch wie viele Zigarren mit honiggetunkten Spitzen ich rauche und: den Rauch um die Ecken blase wie ein Cowboy. In meiner Bleibe und in meiner Nachbarschaft herrschen die Großmütter in ihren kalten Zimmern über die heißen Tage, weil niemand sich getraut, die glücklichen Frauen davon abzuhalten. Die Gesichter der Alten verhöhnen die kühle Schwermütigkeit des Ostens und ersetzen sie mit einer rauschenden Lebenserfahrung, mit der sie aus den vergitterten Fenstern auf den Puls der Zeit blinzeln. In den Taubenschlägen der Häuser nicken die mageren Vögel. Auf den Dächern schlafen die Hunde im Sonnenschein und es ist, als gehöre zu jeder Großmutter ein Schaukelstuhl und zu jedem Schaukelstuhl eine Großmutter und Abermillionen Lockenwickler. Auf den Dächern Havannas stehen dann die Großväter und lehren die Enkel, wie man die Brieftauben loslässt mit so ausgebreiteten Armen, als verschenke man sie an die Welt.

Man begegnet an jedem Ort den gleichen uralten Dingen. Man atmet ein und aus in der tobenden Stadt und trinkt Rum und *Mojito*, bis die Zunge zu schwer wird zum Reden. Dann schreibt man Briefe als ästhetische Reflexion und knabbert an Zuckerstangen und erloschenen Zigarren. Auf den Straßen preschen die kubanischen Cowboys über das Kopfsteinpflaster und beim Essen reichen die Familien einander lächelnd das aus dem Flugzeug gestohlene Besteck mit dem Air-France-Logo. Man hat Zeit, weil man in der musealen Vergangenheit sparsam an die Gegenwart glaubt. Man renoviert sein reines Gewissen inmitten der Ruinen und restauriert seine Gedanken. Man löscht die Altersmakel und Flüchtigkeitsfehler von den Prinzipien und weidet die Möglichkeiten aus. Man verzärtelt die Bilder der Stadt und wenn die Sonne untergeht: hat man keine Angst. Hier: kann ich leben, leben, leben.

DAS MEER

was wären wir ohne das, was uns immer gefehlt hat.

(Thomas Stangl, *was kommt*)

Oceano Mare, 08.04.2012

Liebster.

Liebster, Du hast stets Angst gehabt zu ertrinken und ich hause lächelnd am Meer, als säße ich im dröhnenden Resonanzkörper eines nimmersatten Klaviers. Die See ist eine Ursuppe der Bilder und Blau keine Farbe mehr, aber eine notwendige Vorstellung wie der Raum. Orientierung ist nicht erlernbar und die Fische schwimmen mit dem Wind. Das Wasser und die Strände werden zum Getrieberaum der Musik, wenn man nur lange genug hier ist. Der Sound kriecht unter den Wellen und unter den Hafenbecken hervor. Das Meer atmet in Orgeln. An den Küsten musizieren die Steine und dahinter beginnt ein Land der klassischen Klangkulturen, das mich so ruhig macht, als wäre es eine lange vergessene Heimat. Hier in den Dörfern verstauben die alten Mandolinen und die Nebelhörner blasen im Sonnenschein. Dann singt das Meer in marmorne Pfeifen und spielt auf den getrockneten Kämmen der Wassermänner aus den Geschichten, die man nicht müde ist zu erzählen, bis die Töne auffliegen, als wären sie Vögel, und sich auf jene Notenlinien setzen, die zwischen den Telegrafenmasten gespannt sind.

Es ist nicht mehr Winter. Morgens am Schiff gibt es Feigen mit süßem Fleisch und einer von der Meeresluft salzigen Kruste. Die Gesichter der Segler sind verquollen wie jene der Medusenquallen, nachdem man ihnen den dünnen Schlaf wie eine Decke vom Kopf gezogen hat. Das Licht und das Wasser heilen von der Nacht und den schlechten Träumen, die einen vielleicht heimgesucht haben. Man hat sich aufgemacht vor ein paar Jahren erst und nun reist man hart gegen den Sommer, man träumt gierig vom Wind und beschließt, in ihm zu leben. Ich bin gegangen und gegangen und nie geblieben in den letzten Jahren, aber es leid geworden, an die Liebe zu denken. Jeder neue Ort entband vom Unglück des alten. Ich habe Geschichten und Bilder gesammelt und die Menschen haben mir ihre Biographien aufgesprochen, als wäre ich ein Grammophon am Ende der Welt. Das Reisen ist eine Gewohnheit geworden.

Ich kenne nun das Schweigen der Sterbehäuser in Äthiopien und die lachenden Bonbonsüchtigen Madagaskars, das Nuttenrot der Sexshows und die Hafenkneipen Cubas, aber auch die ängstlichen Frauen in Russland mit ihren turmhohen Schuhen und verfallenen Träumen. Die Grenzen zwischen Unmöglichem und Wahrscheinlichem sind verschwunden mit den Reisen. Ich habe die Kompromisse verstoßen und fürchte das Unzulängliche weniger als sonst. Ich bin Alchemistin geworden. Die tausend Orte auf der Welt sind die Katalysatoren für ein ruhiges Herz gewesen. Das Glück ist das Opus Magnum der Freiheit. Die Geschichten werden anders mit den Orten, an denen sie passieren, und die Geschichten verändern ihre Schauplätze, wenn sie passiert sind. Wer außen so weit geht, kann innen nicht stehenbleiben, wo er immer war.

Ich habe staubige Füße vom Gehen. Letztlich will man also immer zum Meer. Das Festland ist indessen eine große Erzählung, schmucklos, aber hungrig nach den harten Einzelheiten. Eine skelettöse Felslandschaft aus Stein und aus Beton rahmt das Wasser. Eine komatöse Ruhe liegt über den Küsten und Klippen. Vom Meer aus sieht man aufs Land mit dem Blick derer, denen die Häuser fremd werden, wenn sie zur See fahren. Wer das große Meer kennt, findet das Land kleinlich bis zum Geiz. An den Landzungen sind die Strände mit Kies und den tausend Innereien der Sanduhren und den Währungen des Stundenglases bedeckt. Die Frauen sitzen am Strand und tragen ein locker sitzendes

Lachen und breiten sich lange Röcke über die Knie und über die von den Geburten erschöpften Körper. Die Mädchen schälen Gemüse in der Sonne und in den Häfen fahren die Betreuer der Segelschiffe mit Fahrrädern die Stege hinauf und hinunter, bis sie verschwinden. Um die verfallenen Diskotheken liegen mediterrane Kakteengärten und auf den Bäumen geheimnisvoller Inseln hängen hunderte Paar Kinderschuhe, als gemahnten sie an geschehene Unglücke. Die Meerestiere spielen in den Gebeinen der toten Katzen am Strand, aber auf den Dorfplätzen, die ich quere, liegen staubige Katzenhaiköpfe. Dort kriechen die kleinen Krebse in große Colaflaschen und krabbeln darin, als betrieben sie Laufräder, während die Ratschen der Osterprozessionen in den Ruinen der abgebrannten Kirchen verhallen.

Wenn ich lange genug aufs Meer schaue, werde ich ruhig. Das Meer reinigt den Kopf und wirkt antiseptisch auf jedes verkrustete Denkmuster und all die schwer erworbenen Narben, die man neben der Erfahrung mit sich führt. Der Himmel und die See schießen aufeinander zu, als wären sie rasch heranwachsende Kinder. Alles wächst gegeneinander. Man zweifelt an der Unschuldsvermutung für die Natur, wenn die Wellen sich an den Schiffen aufranken wie gierige Kletterpflanzen. Die Luft liegt in Wehen und die aufgerissenen Wolken gebären Wind. Die Wellen brechen übereinander und übereinander herein. Ästhetik ist hier ein Gesetz und keine Tugend. Wir schippern fröhlich durch die Peristaltik der Welt, die sich selbst verdaut im süßen Nektar und im Salzgesöff. Was bleibt, Liebster, ist das nackte Leben und ein kindliches Gefühl der geilen Freiheit.

An Land detonieren die Blüten im Frühling und brennen neben den Leuchttürmen, so als leuchteten sie jemandem heim. Die Menschen sehen so gesund aus, als würden sie niemals sterben. Die Männer, mit denen man hier schläft, riechen bitter und tierisch. Für mich ist die Welt ein Speicher aller uralten Dinge geworden und ein Kompendium der Sehnsucht des einen nach dem anderen. Ich möchte Dir immerfort vom Blau erzählen, weil es von der Farbe zu einer Voraussetzung geworden ist. Es ist matrosenblau und marin, vergissmeinnicht, indigo, Blau, von dem man träumt und Blau, von dem es sich zu träumen lohnt, azurblau und trojablau, ozeanisch und beerig, das Blau der Nacht und der Tauben, jenes Methylenblau einer Blaupause und jenes der Blauwale, die bleierne Heiserkeit der Farben vor einem Sturm und das Mädchenaugenblau, wenn alles wieder gut ist. An Land belächle ich die Farbmagersucht des Leitungswassers, so weit ist es schon gekommen, aber hier sind die Farben der Schmierstoff aller schöner Geschichten. Alles lebt miteinander und spielt genetisches Roulette. Ich wohne auf einem wassergrauen Seemannsgrab und über Mikrobenteppichen am Meeresboden, so groß wie ganze Länder voll gigantischer Zoos aus Winzlingen. Abends erzählt man tief unten in den Schiffsbäuchen den Kindern Seemannsgarn und Gute-Nacht-Geschichten, die die Träumer in Kokons spinnen, als würden die Träume über Nacht die Welt verändern und man erwachte verpuppt, wenn man nur genug über den phantastischen Abenteuern geschlafen hätte. Nachts umarmen die Kraken die Anker der Boote im Schlaf und morgens scherzt der Koch unter Deck mit rauer Stimme und einem Dutzend Eier in der Hand, bevor die Sonne aufgeht und man nackt vom Bug des Schiffes ins Wasser springt.

Die Blüten leuchten also an den Küsten und ich komme bald heim. Ich werde reisefein und ernst vor allen Türen stehen, die ich einst ins Schloss geschlagen, und vor all jenen, die ich nie geöffnet habe. Man muss den Weg nach Hause nicht kennen, um ihn gehen zu können. Die Feste gehen weiter. Die Gewohnheiten sind längst ausgeblieben und die Abschiede haben eingesetzt. Die Erschütterungen haben in der Zerbrechlichkeit, die man in sich birgt und schützt, gewütet und doch ist nichts rettungslos verloren gegangen. Man rettet, was man retten kann. Man erzählt die Geschichten auf so viele unterschiedliche Arten und Weisen und schreibt es den Augenblicken des Zufalls zu. Man verwaltet Wahrheit im Hirn und durchwandert sie tausende Male, bis man sie umgeschrieben hat. Vielleicht habe ich vergessen, wie man richtig liebt, und vielleicht habe ich Liebe stets mit Mut und Tapferkeit verwechselt. Aber schlussendlich ist die Bedeutung etwas Offensichtliches: es lohnt sich immer zu lieben, damit die Straßen, die man geht, irgendwohin führen. Die Liebenden sind die Zahnräder

der Geheimnisse und Zärtlichkeiten, die über die Welt rauschen, die Gewinde und Gelenke, die alles zusammenhalten.

Wenn alles nur noch dunkel ist: muss es das Meer sein. Wenn man nichts mehr sieht, ist es das Meer. Die Schifffahrtsklaviere spielen im Kopf und die Tiere seufzen im Schlaf. Die Welt ist so zusammengestückelt, als säßen uralte Frauen in dunklen Stuben zusammen und nähten die Länder aneinander wie Leintücher um das große Wasser herum. Die Grenzen der Länder und Kulturen verlieren sich in der Grenzenlosigkeit der Gedanken. Die Welt ist ein einziger Duft geworden, der mir in der Nase liegt. Erst: ist man überall fremd und dann: überall zu Hause. Die Orte sind mein Schicksal geworden und ich habe sie Dir zu Briefen gefaltet, von denen ich nicht weiß, ob Du sie je gelesen hast. Ich kehre satt an Bildern heim. Du bist einst in meinen Augen versunken wie im wilden Ozean und jetzt ist Dein Meer mein Aquarium, Liebster. Und: *the world my interior.*

ENDE

CHILE

NONA FERNÁNDEZ

DIE TOTEN IM TRÜBEN WASSER DES MAPOCHO

Aus dem chilenischen Spanisch von Anna Gentz
Roman, 264 Seiten, gebunden mit Leseband

Mapocho ist der Name des Flusses, an dessen Ufern Santiago de Chile erbaut wurde. In Nona Fernández' Roman wird er nicht nur von den Abwasserkanälen der Stadt, sondern auch vom Dunkel der Vergangenheit gespeist. Leichen, Mythen und persönliche Schicksale treiben darin. Der Roman verwebt Geschichten von unter General Ibáñez verschleppten Transvestiten, von einem inzestuösen Geschwisterpaar, versklavten Gefangenen, einem selbstmordgefährdeten Historiker und einem auf der Suche nach seinem Kopf umherstreifenden, enthaupteten Häuptling der Mapocho-Indianer zu einem bunten Mosaik – mal grotesk und provokativ, mal sanft und fast zärtlich.

ISBN: 978-3-902711-09-0

KUBA

GUILLERMO CABRERA INFANTE

SCHANDTAT CHACHACHÁ

Aus dem kubanischen Spanisch von Claudia Hammerschmidt
160 Seiten, gebunden mit Leseband

Es ist die so oft erzählte Geschichte einer heimlichen Liebe zwischen einem verheirateten Mann und einer Frau, die sich in den 1950-er Jahren in Havanna abspielt. Es klingt einfach und altbekannt – ist es aber nicht, denn die alte Platte scheint einen Sprung zu haben und hängen geblieben zu sein, sodass sie dasselbe Motiv immer wieder wiederholt. Wie der Rhythmus des Chachachá sind die drei Erzählungen dieser Sammlung durch Wiederholung und Wechselschritt gekennzeichnet.
Alle beginnen mit der gleichen Szene, eine Frau und ein Mann speisen in einem Restaurant, aber jede von ihnen ist der Ausgangspunkt einer jeweils unterschiedlichen Vision Cabrera Infantes.

ISBN: 978-3-902711-02-1

YUCATÁN

JAMES TIPTREE JR.

QUINTANA ROO

Aus dem Amerikanischen von Frank Böhmert
160 Seiten, gebunden mit Leseband

Ein schon etwas bejahrter Urlauber begegnet an der Karibikküste Yucatáns zweifelhaften Informanten, die noch zweifelhaftere Vorkommnisse erlebt haben wollen. Besteht hier etwa eine Verbindung zur uralten Maya-Kultur? Die drei hier erstmals in einem Band versammelten und neu übersetzten phantastischen Erzählungen teilen sich die gleiche Hauptfigur und die mystisch-fremdartige Beschaffenheit dieser Welt des Quintana Roo.

»Vor dem genialen Werk von James Tiptree Jr. müsste ein Warnschild errichtet werden: Achtung, Betreten auf eigene Gefahr! Niemand verlässt ihre Erzählungen, ohne auf subtile Weise einen anderen Blick auf das Fremde entwickelt zu haben.«
Denis Scheck

ISBN: 978-3-902711-04-5

MEXIKO

JUAN JOSÉ ARREOLA

DER JAHRMARKT

Aus dem mexikanischen Spanisch von Georg Oswald
Roman, 256 Seiten, gebunden mit Leseband

Ein Schuhmacher, der sich an die Kunst der Landwirtschaft wagt, ein Glöckner, der sich trunken an den Klöppel seiner Glocke hängt, eine Geschäftsfrau, die den Rotlichtbereich der Stadt unter ihre Kontrolle bringt, ein Erdbeben, das die herkömmliche Ordnung auf den Kopf stellt, und immer wieder die Ureinwohner, die vergebens um das Recht auf ihr angestammtes Land kämpfen …
Juan José Arreola malt in seinem vielstimmigen Roman das Leben in einer mexikanischen Provinzstadt zwischen religiöser Borniertheit und menschlicher Einfalt, Bauernschläue und Erotik nach.
Das Meisterwerk aus dem Jahr 1963 inspiriert bis heute die Schriftsteller Lateinamerikas.

»Der Jahrmarkt ist ein Schatz aus Lateinamerika.
Der Septime Verlag hat ihn gehoben.«
Karl-Markus Gauß

ISBN: 978-3-902711-01-4